曙汛诗草

周建忠 著

东篱荷锄 草木缘情 春日栽阳

夏日长辉 秋日临霞 冬日雪窗 真情永驻 禽言诗剧

治骚余韵 高山仰止 心绪抒怀

学校写真 雪泥飞鸿 酬唱序跋 诗钟联语 诗与人生

中国戏剧出版社
CHINA THEATRE PRESS

图书在版编目（CIP）数据

曙汛诗草 / 周建忠著. — 北京 : 中国戏剧出版社，
2021.2
ISBN 978-7-104-05063-6

Ⅰ. ①曙… Ⅱ. ①周… Ⅲ. ①诗集－中国－当代
Ⅳ. ①I227

中国版本图书馆CIP数据核字（2021）第033915号

曙汛诗草 ShuXunShiCao

责任编辑：杨　娟
责任印制：冯志强

出版发行：中国戏剧出版社
出 版 人：樊国宾
社　　址：北京市西城区天宁寺前街2号国家音乐产业基地L座
邮　　编：100055
网　　址：www.theatrebook.cn
电　　话：010-63385980（总编室）
传　　真：010-63383910（发行部）

读者服务：010-63381560
邮购地址：北京市西城区天宁寺前街2号国家音乐产业基地L座

印　　刷：江苏凤凰盐城印刷有限公司
开　　本：787mm×1092mm　1/16
印　　张：18.5
字　　数：260千
版　　次：2021年2月　北京第1版第1次印刷
书　　号：ISBN 978-7-104-05063-6
定　　价：88.00元

前 言

中华优秀传统文化是我们国家最深厚的文化软实力，是中华民族的精神命脉，是涵养社会主义核心价值观的重要源泉，也是我们在世界文化激荡中站稳脚跟的坚实根基。

中华传统诗词，是中国传统文化的瑰宝，是中华民族五千年文明的结晶，是中华儿女与生俱来的文化基因，是中国文学艺术领域的精神高地，也是体现国家文化实力的重要窗口。她蕴含着中华民族的思维方法，体现了代代相承的审美方式，承载了中国文人的情感方式，契合了当代国人的精神需求。

2014 年 9 月 10 日，习近平总书记到北京师范大学考察时就曾明确提出："我很不希望把古代经典的诗词和散文从课本中去掉，加入一堆什么西方的东西，我觉得'去中国化'是很悲哀的。应该把这些经典嵌在学生的脑子里，成为中华民族的文化基因。"随后他又强调："古诗文经典已融入中华民族的血脉，成了我们的基因。我们现在一说话就蹦出来的那些东西，都是小时候记下的。语文课应该学古诗文经典，把中华民族优秀传统文化不断传承下去。"

教育部部长陈宝生则提出，传承与弘扬中华传统诗词，具有固本、筑魂、打底三大功能。第一，覆盖教育的各个学段，从小学到大学，各个学段都覆盖，我们把这项工作看作固本的工程。第二，融汇到我们的教材体系中去，因为我们把这件事看成是一个"筑魂"的工程。第三，贯穿在人才培养的全过程，因为我们把这件事看作中国人打底色的过程。

复旦大学陈思和先生认为，一个国家的文化发达，主要体现在文学艺术；而文学艺术是否发达，关键在于诗歌；诗歌是整个文学中最为精致的部分；考察文化水平的标志要看最精致的部分。

习近平总书记指出：“学诗可以情飞扬、志高昂、人灵秀”。如今，学诗，已经逐步成为全社会的共识，各级诗词大会的竞技、经典诗词的新编与歌坛的流行，各类诗词组织、刊物遍布网络，在古代诗词的学习、吟诵中，陶冶情操，修身养性，不断增强解读鉴赏能力，逐步尝试传承、写作的范式与路径，进入百花齐放、分路并进的状态。

作为一名中国古代文学专业的教师，作为一个传统诗词的爱好者、引导者、研究者、传播者、写作者，我试图将教师、学者、诗人几个角色统一融合起来，在文化传承、文化担当、文化自觉的过程中，构建吟诵、赏鉴、研究、创作一体化的诗词传承模式。

在具体路径上，诗词大会、诗词竞赛可以起到动员、引导作用，古歌新唱可以借助流行媒体而推广，这些当然值得充分肯定。我作为一个专业工作者，仍然坚持传统诗词传承四部曲：

第一，诵读。不是吟唱，不是新唱，而是朗读、诵读，从音步的把握到平仄的规则，比较吟诵与朗读、吟诵与朗诵、吟诵与歌唱的区别，在高低、强弱、快慢、长短节奏变化的旋律中体会诗词的情调，感受抒情是诗的生命，音乐是诗的灵魂。

第二，赏鉴。通过反复诵读，认同文以载道、忧国忧民的历史担当，领略源远流长的思维与审美的传统，体会沉郁顿挫、一唱三叹的抒情风格，增强厚积薄发、闳中肆外的文化素养，充分感受古典诗词所蕴含的韵律美和意境美，提高诗词作品的解读能力、判断能力、鉴赏能力。

第三，研究。包括诗人、作品、流派、风格、传承与创新等，克服脱离音乐特征、脱离创作主体、寻找主题、努力分段的解读弊端。

第四，写作。不能只说不练，一个长期从事文学鉴赏、教学、研究的人，如果对文学创作只是描述而不知甘苦，对文学创作只是评判而无实践，只能是隔靴搔痒、不知就里、浮光掠影、雾里看花。我们必须清醒地看到，诗歌创作，离科学还很遥远。构思、设计、描图、施工、验收等工科程序，不适用于诗歌。诗歌的诞生，有时是说不清道不明的，诗歌的确有点神秘色彩。我的意见是回到本我不忘初心，精神追求保持灵动，真挚诚实领悟人生，不懈探索不断修为，抓住读（朗读、诵读、吟诵）、悟（体会、比较、感悟）、练（由浅入深、渐入佳境）三个关键，在诵读中体会写作，在写作中感悟诵读。

记得在接受《新华日报》记者采访时，我再次强调大学的四大功能：人才培养、科学研究、社会服务、文化传承与创新。不仅仅是在一所大学设立四个行政职能部门，各司其职，而是每个部门、每个人、每件事，都必须向这个方向这个目标努力。基于此，我对中华诗词的传承、传播、研究、创作，不仅坚持四位一体系统推进，而且努力在人才培养、科学研究、社会服务、文化传承与创新四个方面同时得到体现。

主持开设了“古典诗词创作讲堂”，组建了“曙汛诗社”以及部分分社，创建了《曙汛》诗刊与公众号，建立了曙汛诗社微信群，指导各级各类学习诗词的学员。

编撰《小学诗词格律读本》《初中诗词格律读本》，由中华书局公开出版发行。

积极参与社会诗词普及活动，如担任电视台诗词群英会大赛评委嘉宾，担任“今日头条”诗词栏目版主，在今日头条、新浪微博开设个人诗词专栏。

为中小学国培、省培计划教师培训班授课（如江苏、山西、四川省级骨干教师培训班、江苏省特级教师培训班、南通市四个省级乡村骨干教师培训班、一些省级市级名师工作室），也先后到一些大学（如江苏师范大学、同济大学、复旦大学、苏州科技大学、台北市立大学、韩国高丽大学）、中学（如江苏省锡山高中、江苏省新海高中、苏州市南环实验中学、苏州市草桥中学、海安曲塘中学）、小学（如吴江区盛泽镇教师培训、如皋师范附属小学）讲学与指导诗词写作。

积极参与社会各种诗词创作吟诵竞赛，我创作的作品，先后获得苏州市高等学校（26 所）特等奖，中小学组特等奖、一等奖。

为南通大学百年校庆撰写“校史展览”序，为南通大学微信平台撰写“人物志”序，为南通大学官微不定期推出诗词专辑，为南通大学附属医院撰写“院赋”。

为南京大学附属中学 120 年校庆撰写《南大附中赋》，刻石展示，成为学校一道风景线。吟诵此赋，也是该校新年晚会的固定节目。

第八届苏州台北中小学生中华经典诗文诵读会在苏州举行。我编撰的《小学诗词格律读本》《初中诗词格律读本》，成为赠送台北师生的珍贵礼品，我应邀赋诗助兴，亦获得好评：

六月芙蕖绝艳迟，姑苏碧瓦水中移。
轻吟默诵消庭暑，记取频年共享时。

六月炎风急雨天，姑苏台北翠微连。
同源共祖争弦诵，顿觉遥峰霭暮烟。

值得欣慰的是，这两首小诗，也得到了教育部原副部长、江苏省副省长王湛同志的好评，他说：

绿荫珠帘，芙蕖绝艳，鸣蝉不噪，家酿飘香。佳句足以消夏。

说到王副省长的关心、支持，还真的令人感动。我们原来是南通大学的同事，他担任校长时对我奖掖提携，有知遇之恩。后来他虽然身居高位，但一直保持比较密切的来往，他希望我在保持楚辞研究前沿地位的同时，将更多的精力转到基础教育上，面向广大的中小学教育。2013 年至 2014 年间，我在北京参加了义务教育阶段小学语文、初中语文新版教材的审定工作，当时向王副省长汇报了编撰小学、初中诗词格律读本的设想，得到他的高度肯定与积极支持。他对我坚持的诵读、赏鉴、研究、创作四位一体的追求，也是充分肯定，赞誉有加。

自2013年，我再次回到乡间居住，同时也写作了大量的田园诗，得到他的欣赏，他说，“乡居桃园，既乐且寂。清新是乐，幽静也是乐。谢谢您让我分享了芋艿丝瓜辣椒的清香”。他还告诫我，“您能城乡二元生活，时下应是提高生活质量和品位的有效之举，应予珍惜。田园生活是诗歌佳作的沃土，有新作佳作我愿先睹为快”。

自此陆陆续续有一些诗作发给他品鉴，每得鼓励，比如对我的端午节系列，“端午九咏，菖蒲、艾条、雄黄、粽叶，香气沁人心脾，屈原之忧令人沉思”。对荷花系列评云，“吟咏荷花的诗写得很美，在酷暑退阵，秋天即将来临之际读来，很享受”。去年国庆中秋遇到台风莫兰蒂，我写一组诗，王副省长评云，“台风阴雨，不改国人心中万里共婵娟之情怀”。我到一些中小学讲学、考察，写了一组诗，也得到他激赏，“发来的新诗数首，抒写您对教育事业的深情，读来特别令人共鸣”。至于旧地重游、诗友相聚、人生感喟、不懈追求，更是得到他的高度赞扬，“收读新作律诗四首，园东墩北、岁月蹉跎，冬来秋去、白露霜风令人感慨；为传薪火、一路沉吟，青春作伴、白日放歌令人钦佩；而今养心悟性、弦歌不绝，人生新境界也。谢谢大作与我分享”。

收入本集的大部分作品，都得到过王副省长的肯定与鼓励。因此，我愿意，在这些方面继续努力。

庚子夏于如皋桃源乡居

目 录

上编

下编

上编

一
东篱荷锄

酬潜阳居士璞庚兄并贺甲午新春

都城雾锁黑云连，江左桃源澄澈天。
一抹龙游依北斗，千方美树灿沙田。
识途本性依然在，伏枥雄心岂敢眠。
好雨知时春意渐，当欣雅俗共新年。

冷蒸上市

【小序】冷蒸，过去是苦难时代的历史记忆，坛无余粮，青黄不接可以救命；曾经是江北、苏北贫困地区人民抵御饥饿的智慧结晶；现在是传统美食舌尖中国的延伸与发展。

大麦渐黄麦穗醇，琼浆饱满出风尘。
除芒去壳筛颠净，涤灶添柴炒磨匀。
碧绿晶莹皆入眼，平凉软韧不沾唇。
青香犹记充饥日，蜷列�篮任屈伸。

【附注】冷蒸，大麦或者元麦初熟，经过筛、颠、炒、磨四道程序，最后磨成小条，蒸之，以其热蒸而冷食也。

莴苣葳蕤以怀子美

子美当年尝种苣，两旬未坼怨情痴。
无期野苋飘然出，久盼微官岂敢辞。
去岁随心移幼弱，今春未料竟葳蕤。
茎粗叶绿姿形艳，愧对先贤冻馁时。

乙未咏磨头菜场驼爷瓜苗

鸡鸣欲曙月西流，雨细风轻润石榴。
荷镐南园翻菜地，驱车北路绕农楼。
橐驼种树知时节，驼爷秧苗属田畴。
竖立竹篮分叶瓣，肥匀力足驷云虬。

重温江村晒鱼年俗

小河见底水清光，活捉群鱼踮脚望。
但愿繁多无大小，唯知黏滑有温凉。
风高鱼杂参差影，雨密杈平轻重香。
寄寓有余浮大白，逢年必备乐无央。

梅雨田园风

累累石榴绿叶扶，黄瓜本色暮烟孤。
番茄迤逦横轻霭，郁李参差卧远衢。
栀子花开诗一首，芋头叶展梦三都。
蘘荷追雨香橼劲，扁豆飞扬茄子觚。

老炉烧饼

其一

轻揉重压各成形，萝卜青葱悦性灵。
层层金黄香扑鼻，又酥又脆满天星。

其二

轻拢慢捻自成形，薄馅均匀白又青。
桶炉香飘人涌动，芝麻点点满天星。

萝卜系列

拔萝卜

其一

缤纷缨叶露华浓，指点灰泥访旧踪。
身白蒂青迟睡起，经年一别再相逢。

其二

一绿浮青伴紫红，披衣带甲御寒风。
香甜爽脆行天下，海角天涯引万瞳。

其三

冰轮闪烁天街冻，缨绿纷披拔地来。
壮硕带泥含秀润，紫红纯白几时回。

萝卜香甜

羽叶菁菁萝卜缨，红黄两色万根生。
香甜清脆无虫害，雨雪风吹群鸟鸣。

㊄西㊄红㊄柿㊄系㊄列

乌鸦品尝番茄记

园中本有白头翁，乌鸦时来镇蕊宫。
坐视频猜谁快熟，低飞慢啄我能蒙。
尖喙插入流鲜汁，利爪翻旋到草丛。
细品生吞知美味，余光忽亮向青虫。

【附注】园中今年番茄大丰收，五棵番茄连绵纠缠，颇有气势，挂果累累，最多时超过120个，观者叹服。

乌鸦、白头翁首先尝鲜，技法高超：常常坐视盘旋，对着硕果累累早就盘算在心；等到番茄渐渐丰满尚未转红之时，抢在我们的前面动手：第一步，用尖锐的嘴将结实紧绷的番茄啄开一个口子；第二步，将尖嘴伸到里边吸汁水；第三步，口子溃烂开始发红，啄下草地慢慢品味。

不得不羡慕，鸟儿吃的比人类环保：最先品尝新鲜水果蔬菜，伴以各种飞虫草虫。而且乌鸦、白头翁捉到虫子不会立即吞食，而是衔在嘴边，边飞边叫，炫耀很久，正如流行的网络用语一样：晒一晒。然后在同伴的羡慕追赶之下，躲到一角，众目睽睽之下独自享受一番。

番茄三咏

其一

名归柿属托西红，体弱花微立似弓。
拉引舒申须借力，珠圆玉润靓时风。

其二

青枝惆怅醉颜红，晓月弯弯挂玉弓。
未料绵绵梅子雨，虽然青涩有儒风。

其三

乌鸦喜鹊眼生红，上下翻飞卧似弓。
喙啄爪旋轻切入，青枝把酒笛临风。

丝瓜系列

立冬将至诸绿渐萎而丝瓜独艳

叶绿花黄北路边，修长湿润蔓藤延。
初从小暑参差出，复至秋分迤逦穿。
露重叶萎花遽淡，霜浓蕾谢色渐蔫。
妖娆半幅依然在，俊逸流香独自悬。

丝瓜：家的思念与牵挂

【小序】去年年底听到一个悲惋欲泣的故事，至今震撼心灵：一对老夫妇盼望长年奔走在外的儿子回家过年，但儿子总是以各种借口多年不归。失望至极的老人，种了一树丝瓜，留下几条特别肥硕的，任凭风吹雨打，由夏及秋，由秋及冬，又轻又黑的老丝瓜依然坚守，期待游子归来！丝瓜，谐音思念与牵挂。

一树斜枝对碧天，藤枯叶落渺残烟。
扶疏不负清风醉，袅娜难忘骤雨绵。
意倦随风轻似燕，心闲戴月瘦如禅。
秋来夏往冬将尽，白发苍颜眼欲穿。

丝瓜咏（七绝二首）

其一

中元送雨落寒星，桃李入秋涕自零。
幸有紫薇情可寄，花重叶硕舞娉婷。

其二

花自妖娆叶自深，青藤引蔓碧风临。
长须倜傥心常逸，似坠如弯月下吟。

丝竹之音

竹影逍遥暑气清，晨风穿透隔篱莺。
参差翠蔓徘徊处，瓜重花黄鸟鹊惊。

丝竹天籁

斑竹氤氲众鸟啼，丝瓜倚立楚泽西。
修长厚硕烟笼月，翠减红衰悟妙倪。

冰火两重天：丝瓜挽歌（七绝二首）

其一

小雪将临不待春，黄花绿叶绽风神。
紫薇叶落悲萧瑟，幸有丝瓜傲露晨。

其二

小雪寒潮自北来，纷飞大雪剑锋摧。
花萎叶陨枯藤细，唯有丝瓜不忍回。

小雪将临紫薇叶黄而丝瓜滴翠

不见深红浅紫装，枝沉色暗气微茫。
青藤绿叶徘徊处，滴翠丰姿独自芳。

十代天骄处暑来

【小序】庭院丝瓜，分季分批种植，保证丝瓜源源不断长出。三年来试验成功，每一个节气一代，清明第一代，谷雨第二代，立夏第三代，小满第四代，芒种第五代，夏至第六代，小暑第七代，大暑第八代，立秋第九代，处暑最后一代：十代天骄。

清明时节遍庭栽，一代高华迤逦开。
暑退凉生蝉有语，天骄十代带风来。

再咏丝瓜

花多叶绿露凝浆，力足形修满院香。
看似青葱瓜蒂落，心随归雁送斜阳。

咏丝瓜花

黄花五出自妖娆，一朵新晴翠烟摇。
厚重修长依桂影，迎风擢秀寄兰苕。

辣椒系列

辣椒赋

堂前桃李忽蹉跎，疏雨轻飞挂渚荷。
绝艳悬红摇绿草，寒香缀白映青螺。
长河滴翠如潮涌，曲径流丹似玉柯。
璀璨星驰皆俊采，红衰翠减织棋罗。

辣椒盛开枯树支撑似觉生命演进之迹

枯树新枝绿叶间，青红排列辣椒弯。
冬来秋去生机永，白露霜风只等闲。

椒苑胜景

绿叶扶疏掩酭椒，青红错落满枝条。
朝天向地皆无意，彩蝶螳螂过鹊桥。

岁至小雪而满园辣椒红艳若群星闪耀

堂前桃李叹蹉跎，疏雨轻飞挂枯荷。
绝艳悬红摇绿草，寒香缀白映桴槎。
长河滴翠如潮涌，曲径流丹似婆娑。
璀璨星驰皆俊采，红衰翠减织棋罗。

冬日红椒

枝干枯萎叶全无，几点红椒作画图。
待到春来花再发，英姿绿叶醉中姝。

辣椒三咏（七绝三首）

其一

绿叶扶疏玉步摇，青红错落满枝条。
朝天向地皆无意，彩蝶螳螂渡鹊桥。

其二

夜雨初晴翠带摇，花柔叶劲弄新条。
水涝酷暑全无碍，叠合交叉似画桥。

其三

露湿云轻烛影摇，银花九节惹垂条。
高低婉曲催诗意，载酒携琴奏渭桥。

红椒点亮回家路，明月何时照我还（七绝三首）

【小序】每年冬天，霜雪之后，菜田里总有几棵红辣椒，绿叶全无，枝干枯萎，但数点红色，星罗其间，点缀残冬，格外艳丽，引人注目，给人以喜气，给人以希望。

其一

三九风回露气环，猴行鸡舞近年关。
红椒点亮残冬景，满地梅芬夜萼潸。

其二

三九风回露气环，猴行鸡舞近年关。
红椒点亮枯萎季，明月何时照我还。

其三

三九风回露气环，猴行鸡舞近年关。
红椒点亮回家路，万水千山只等闲。

小辣椒过冬

霜雪焕然守岁寒，一花独放百花残。
枝枯叶落形神在，气涌斗牛力未完。

辣椒花

绿苞滴翠吐芳馨，花瓣清纯似五星。
紫白青红秋满眼，临风把酒动诗灵。

黑辣椒

青红白紫夏时装，绿叶黑袍鬓未苍。
久寄寒秋无片雨，涂金描漆下溟漳。

扁豆系列

扁豆六咏（七绝六首）

其一　花蕾初绽

轻风雨过桂篱新，一朵清芬格外淳。
蝴蝶兰花形近似，妖娆绝艳胜阳春。

其二　枝蔓登顶

桂篱碧落自成荫，纬地经天青蔓深。
绿叶随风凌绝顶，高山流水觅知音。

其三　花红叶绿

十米长篷气势雄，红花紫叶伴秋风。
缤纷豆蔻轻悠出，采摘应时品万盅。

其四　花艳荚饱

绿树村边有数家，青枝逶迤迭繁花。
垂条翠荚逍遥剑，夜伴鸣虫竹影斜。

其五　立冬自持

夏至初花娇艳姿，深红豆荚喜参差。
西风叶落催秋菊，再展严妆总自持。

其六　美味可口

粉红豆荚数枝连，酱焖清炖滋味鲜。
最喜芋头和汁煮，红烧猪肉软如绵。

扁豆花

欲紫还红飞蝴蝶，三分绿叶逞风流。
花中有荚纷纷是，荚举花浓岁月遒。

黄瓜系列

黄瓜（七绝四首）

其一

我本葫芦后衍瓜，悠游丝路到中华。
唐宫引入温泉育，美得乾隆对客夸。

其二

青蒲弥泽苗烟垅，莴苣登盘碧蒂迟。
绿树蜿蜒渐稳熟，清香爽口醉如痴。

其三

修长圆硕列成行，扁豆花繁彩蝶忙。
枣树随风椒叶绿，石榴果艳满园香。

其四

岁月青葱少小妆，贫生外套本来黄。
长棚廓落凝青绿，顿改姿形不见瓤。

黄瓜（新诗）

小生从来就姓黄，
黄土高坡黄钟响，
黄河奔涌黄果树，
黄柑黄橙正玄黄，
黄土地黄皮肤，
黄袍加身杏黄旗，
人人都可称炎黄。

黄祖是我爷，
黄婆是我娘，
黄鹄已高飞，
黄鹤正翱翔。
黄昏时节，
黄杨徜徉，
黄帝嫘祖，
则显出我的家族源远流长。

金黄色的阳光下，
我慢悠悠地生长；
一条条果实挂下，
是我骄人的时装；

精色内白是内瓤，
但我的外衣从来就是黄。

大棚时代压抑了我的生长，
没有季节没有风霜没有太阳；
一律穿上墨绿的军装，
尚未成熟就被推向了菜场。
我再次庄严宣告，
我的姓氏我的颜色都是黄；
青涩乃是我久远的童装，
我渴望大地渴望露水，
我渴望风雨渴望太阳。

何时何刻
可以回到我的故乡；
何时何刻，
还我黄中带浅的迷彩妆。

黄瓜变形记

五瓣黄花绿叶斜，天干水缺变奇葩。
葫芦体貌青茄状，本色难持众友嗟。

一瓜独炫

青里泛白夜转黄，花娇叶绿过东墙。
风骚独领迎风展，唯我知君带雨吭。

荠菜祝福

繁花似雪雨初停，齿叶如烟满地青。
祝福聚财[1]情有寄，春江荡漾及南溟。

【附注】①荠菜，南通方言与“聚财”谐音，故为春节必备之菜肴，如荠菜羹、荠菜馄饨、荠菜肉圆等。

荠菜（新诗）

风霜高洁的夜晚，窈窕雅致的倩影，
浪漫的精神之旅，悄然的莲雾追寻，
飘落了不起眼的灰尘，带我跨越遥远的崇林。

随风转蓬，碧云黄叶任我行；
轻盈渺小，西窗夜雨是瑶琴。

三界灵幻，生死心惊，
千山万水，飞越南溟；
跨越时空，一身泥泞。
秋雨发芽，冬日铺地，
春日开花，气象万新。
雪片点点，悠悠我心。
迎风摇曳，难觅知音，
千年一梦，青青子衿。

聚财荠菜，偶尔谐音。
因此走红，沉吟至今。
只有口彩，忘我才情！

菜薹系列

菜薹迅起

细雨如膏化夜凉，春潮日暖柳丝长。
如蓬菜薹层层起，叶厚茎腴带露香。

菜薹高筑（七绝三首）

其一

漫漫寒冬贴地行，冰霜雨雪满东庭。
春回力足群茎发，梦入瑶台一夕醒。

其二

细雨如膏化夜凉，春潮日暖柳丝长。
如蓬白菜随风起，叶厚茎腴带露香。

其三

日丽风轻竹影低，花开十字等肩齐。
层层叠翠黄金蕊，夜月溟蒙草色迷。

南瓜系列

南瓜（七绝二首）

其一

敦实淡黄纹路浅，圆融酣畅体修长。
排云白籽绵柔味，兆赐嘉名气宇昂。

其二

大小磨盘似月明，金轮排列九宫盈。
秋风雕琢滋寒露，叶落花糜任我行。

北瓜

屋前屋后对天爬，代代相传叫北瓜。
小学课堂方改口，南辕北辙岂无差。

咏南瓜花

刺萼流金橘蕊黄，酒樽喇叭竞芬芳。
亦蔬亦药知造化，收拢五扇退晚妆。

葱花系列

葱花二首

其一

根如玉箸世无双，绿箭丰条衬雨窗。
冬去春来香暗渡，柳风桂月对银缸。

其二

逝水如年气郁葱，槐薰燕啄石榴红。
绿波迢递连天雪，看似寻常德自崇。

芋头系列

咏芋头花

叶似风荷弄影微，苞如佛焰斗芳菲。
倾城娇艳无人赏，化作尘埃蛱蝶飞。

【附注】芋头，又称芋艿，开花不多见，开则娇艳动人，但迅即凋谢，化作尘埃。而且芋头开花不结果。

雨后芋头

色似荷花形似盾，悠然拔地转生机。
南风夜雨知君意，叶上明珠总沾衣。

韭菜系列

春韭新绿

去岁分畦散播忙，叶嫩茎细似苗秧。
施肥覆土勤呵护，柳绿葱柔对笋香。

首届农民丰收节咏韭菜花

六瓣白花黄蕊新，一枝秀出脱风尘。
南风细摆凝空碧，缓节安歌妙入神。

藿香系列

藿香

水缸为倚桂枝荫，正气冲融不可侵。
叶似水苏频煎漱，驱邪攻暑抵千金。

藿香花

茎高叶挺载圆筒，轮伞数层白穗隆。
倚桂临缸娇欲语，寻香蛱蝶叹途穷。

其他

茼蒿花

天边一粒似尘飞，春去夏来独掩扉。
半夜临风应自笑，逍遥墙角降灵威。

马齿苋

平斜淡绿弄幽姿，梦断疏钟雨露滋。
苋下葱前舒凤翮，浅斟低唱两相宜。

番茄与李子——菜园一景

色别青红几度新，形分两派舌生津。
茎柔树老繁枝翠，苦涩酸甜见本真。

苦瓜

藤柔节蔓竹棚边，五瓣黄花一望鲜。
翠绿弯弯随意挂，清香苦涩伴流年。

菜园四景

紫叶紫花紫藤长,（扁豆）果挂花齐绿正扬。（丝瓜）
浅白深黄消暑气,（黄瓜）多姿多彩似香囊。（辣椒）

菜园留痕

黄瓜逶迤列成行，扁豆花繁彩蝶忙。
枣树随风椒叶绿，石榴果艳满园香。

移栽

又是一年谷雨时，瓜娇豆老得春迟。
苗新土厚农夫喜，他日相逢逞艳姿。

三代同堂

紫红豆荚蕴浑沦，翠绿高棚妙入神。
栽种肴蔬勤布局，娇柔两瓣见天真。

香肠益寿

肠衣猪肉压山珍，不瘦不肥口味真。
甜韧香柔非造物，天然益寿助清醇。

春菠感遇

和风细雨润南坡，绿影梢摇若箭梭。
雪底丹心知感遇，秋波怎可比春菠。

香菜花密

芫荽怎可比春兰，冷拌佳肴入露盘。
荤素皆宜非点缀，银花遍列再承欢。

【附注】一首外国歌曲译词有“芫荽蕙兰郁郁香芷”之句；香菜开花，茎甚高，有的超过一米，花白而密，为田园一景。

蟋蟀（七绝三首）

其一

周时七月①记行踪，不请犹来异地逢。
半夜低吟悠雅曲，农夫卧起做诗钟。

其二

八月本应在屋檐，古歌俚曲笑霜髯。
石榴未熟丝瓜绿，夜雨随风入翠帘。

其三

灶底窗台是我家，时缓时急付南华。
高山大泽知音少，云散梦回到海涯。

【附注】①七月:《诗经·七月》说蟋蟀:“七月在野，八月在户，九月在宇，十月入我床下。”

秋末蚂蚱

桂沁荷枯菊蕊开，椒飞梗直绿云催。
青红可倨沉迷日，管他晨霜夕露来。

群鸟品菜

秋耕冬栽日光韶，雨冻霜摧浊气消。
喜鹊乌鸦争品尝，春来可待菜花飘。

油菜花：上天赐予的春节礼物

【小序】春节将至，油菜成片压地，尚未舒展。而几粒油菜籽，在枯草废地之中，经霜历寒，逆势而长，菜花居然怒放金黄点点，成为过年的献礼！

岁末寒潮去又来，菜秧贴地总徘徊。
青描柳叶寻春色，菜染黄花未可哀。

补种玉米

唯祈玉米如新竹，笋茁叶青遍地行。
待到含苞开放日，晒场棒子梦飞惊。

赞龙州水果

赤橙黄绿青蓝紫，百态千姿遍野畴。
绵润香甜皆上品，轻车万里下龙州。

【附注】网友“问君能有几多愁99771096”介绍龙州特产，邀我作诗一赞。我询之名称，答曰：“早熟柑，番桃果，百香果，黄皮果，本地荔枝，还有学名叫不出来但白话就会叫的水果。”——果然名不虚传闻所未闻，借用毛主席“赤橙黄绿青蓝紫”入手，渲染龙州水果的与众不同。古人云：“身不能至，心向往之！”

六十初度欣逢国庆感怀并谢诸弟子及亲朋好友

最爱滩涂碧水塘，蒹葭起伏杜鹃藏。①
讲台指点因春雨，黄卷时翻奏华章。②
曙汛吟风窥妙谛，飞滴融雪立门墙。③
曾追五柳归田意，今啸柴门沐九阳。④

【附注】我写过《我的三个生日》，今天是我的阳历生日，收到很多很多祝福，应接不暇，不能一一致谢，但非常感动。

① 滩涂、长江、芦苇、蒹葭，是我童年的符号，青春的记忆。见散文《芦苇与花帘》。

②上句指教学，下句指研究，均小有所得，是三十五年教师生涯的特写场景。

③曙汛飞滴是我的笔名，也是QQ名，意为曙光大队的人，看到曙光（晨曦初露）时长江潮水飞溅起的一滴浪花。又感于南京大学著名教授陈瘦竹1989年写给弟子的诗：“英才卓越超前辈，文章精妙胜于蓝。学派未立人星散，空余八十一老残。”我比陈老幸运，生逢其时，已建立起自己的学术团队。

④五柳：陶渊明有《五柳先生传》，写隐居、躬耕之事。近亦不时返乡，欣欣有所获。

一蓑烟雨任平生（苏轼名句续作）

其一

一蓑烟雨任平生，故垒西边雁字横。
乱石穿空吟赤壁，洞箫咽绝弄秋声。

其二

一蓑烟雨任平生，茅舍竹林白云横。
戴月荷锄知稼穑，灯前笛里暮潮声。

高山流水（七绝二首）

其一

高山流水觅知音，山畔斜阳接古今。
流景忽西何处是，水云去棹动悲吟。

其二

高卧林泉发楚音，山横翠壁苦登临。
流风回雪惊离索，水调数声客路吟。

家山不远

家如明月盼团圆，山映斜阳水接天。
不信鹊声来报喜，远梦无端入旧弦。

清明情思

梅萼辞春添绿叶，海棠蕴露倚东风。
梨花飘雨断肠日，柳絮浮云入梦中。

戊戌雨水感怀

东风涨绿晓寒轻，漠漠霏霏错杂行。
篱下已知归隐计，是非宠辱不须惊。

又是一年梅雨时

漫天湿润诗情动，忽去忽来梅雨时。
日照莲蓬香四溢，竹生江岸向荣滋。

二弟小弟妹妹侄女一行游大弟卫辉葡萄园有感

烈日秋风尽夕霏，太行览胜倦忘归。
太公故里葡萄盛，卫水悠悠泪欲挥。

己亥立春感赋

白犬随风云外去，黑猪带雨梦中来。
阶前浅雪知何处，万草千花次第开。
几树寒梅枯叶去，菊花未谢海棠来。
春光一曲销魂处，把酒临风曙色开。

农家春意

咸肉干鱼错绿荫，晴光高远故人心。
菜薹花蕊随风立，整地挖沟待甘霖。

惊蛰两首

其一

枯草泛青节物催，云低雨急一声雷。
邻村绿树昏疑合，蝴蝶庄生远梦回。

其二

蛰虫惊起露新芽，似有黄鹂弄琵琶。
鹰唤雷来鸠唤雨，桃花依旧对晚霞。

【附注】古代将惊蛰分为三候：一候桃始华；二候仓庚（黄鹂）鸣；三候鹰化为鸠。

谷雨

杨花柳絮随风舞，桑叶柔嫩豌豆红。
蚕豆开花飞蝴蝶，辣椒鲜活唱丰隆。

四月

荷叶渐圆玉笋鲜，露红烟紫雨绵绵。
牡丹开尽樱桃熟，最美人间四月天。

七夕夜雨

暮雨潇潇江上村，闲花寂寂洗心魂。
苇风梦浅逍遥渡，织女牛郎掩泪痕。

次韵傅博士《靖西纪行》兼咏桃源行（七绝五首）

其一

秋风八月入围城，芦叶萧萧绕宅生。
相道归来天地阔，回车有路妙难名。

其二

柴扉不掩竹林幽，曲水江湾去似流。
采菊南山心自远，星稀月昊树梢头。

其三

晨昏暮霭有无中，啸倚烟云总不同。
玉露初零诗意在，荷锄岂复问穷通。

其四

烟笼淡月暮云来，扁豆丝瓜迤逦开。
暴雨狂风东北起，飘摇芋叶独徘徊。

其五

绿叶扶疏雀鸟哗，湍飞逸兴渺无涯。
清风快意逍遥夜，黄卷青灯卧荻花。

【附注】受台风“苏迪罗”影响，菜园受到很大冲击，芋叶若荷叶，左右飘摇。芋头，文莱美食之一。

次韵长虹兄晨起读帖有感

江左风云入我家，诗书砥砺总无涯。
常随皓月星辰暗，笔底闲情伴落花。

原韵奉和国星兄乙未春日随感

南园北亩九州新，雨润花香暖意深。
最喜春江飞白鹭，临风把酒换轻衿。

深夜次韵永源兄晓起偶作

一池荷箭发幽香，暑热消弭暂转凉。
暮雨敲窗思昊月，诗书漫卷岂能当。

酬答耕心苦乐自知（藏头诗）

耕雨微微万亩田，心神浩荡渺云天。
苦吟不怕因诗瘦，乐在江湖不记年。
自向桃源寻巷陌，知翁把酒啸东渊。

诗友留真（七绝二首）

简约悠然

简澹真情寄桂篱，约君复位冠歌诗。
悠哉万里沧浪趣，然漾家园晓露知。

寒夜慢慢

生在桃园紫月东，晨曦晗露念初衷。
长空雁叫红尘远，醉眼观花劲草风。

【附注】标题嵌入：寒夜星辰、慢慢版主。正文嵌入诸位诗友的网名：生在红方旗下、心中自有桃花园、紫月晗萱、晨曦赶鸭、晗露草、勿忘初衷、长空雁叫、红尘绮梦、醉眼观花、吉多多劲草。

祝愿长空雁叫夫人手术早日康复，祝福醉眼观花、心中自有桃花园二位事务顺利，早日回归家园。

用律己“享受孤独”意并次韵春保（七律）

古柳横为竹里桥，淡烟落日影萧萧。
酒逢解语还须醉，琴遇知音始可调。
初夏几回怀玉石，苦寒一夜变金镳。
句牵野兴云窗月，细蕊青灯手自挑。

江村往事

蒹葭起伏绿茫茫，布谷轻飞接九荒。
青逐柳堤歌永发，白翻潮汛梦难长。
沙沉风劲渺无际，雾重烟迷笼未央。
萤舞虫鸣门不掩，露浓月淡失荷塘。

点赞大弟夫妇归乡办农庄种葡萄（七绝二首）

其一

绿荫珠簾南陌头，白鹅惆怅尽风流。
牵藤引蔓骊龙醉，博士归乡似列侯。

其二

手执柔剪剔赘头，龙鳞曜日彩云流。
鹅声悦耳情无限，胜却人间万户侯。

雨中移栽

夜雨敲窗去复来，番茄扁豆抢移栽。
黄瓜稚嫩丝瓜润，茄子逍遥笑眼开。

春耕捉虫

细雨轻烟渐绿时，闭关乡邑未驱驰。
随风柳径除冬草，带月东篱剪树枝。
挖土开沟寻雅句，分墒筑垅待清词。
嫩黄雪白逃无力，喜鹊乌鸦两眼痴。

庚子春思

香橼落市香氛远，三代红椒三世情。
澹澹桃花难入梦，悠悠玄燕未成行。
开沟翻土春耕早，断垅舞风月落轻。
流水不弹无限意，浮云一去寂无声。

二
草木缘情

海棠系列

五咏海棠（七绝五首）

其一

凛冽北风叶落时，枝干摇曳暗中移。
严寒冰雪从容度，浩气催吟苏子诗。

其二

二月春风澹荡时，香微色艳步难移。
修长紫梗风神醉，雾蕾粉红可入诗。

其三

一片绯红淡雅时，垂丝西府似星移。
佳期落日烟云合，薄暮南风寄好诗。

其四

一树海棠烂漫时，暗香浮动月光移。
庭中秉烛虚前影，且伴琴弦且作诗。

其五

不见西湖浓抹时，含苞绽放浅红移。
构图精妙如天造，枝挺花柔太白诗。

【附注】园里有一株海棠，竟然不识。去年花开，朋友赏鉴良久，赞不绝口。愚亦殊怪唐诗宋词之中数以千计的观赏海棠之作，遥不可接。今又花开，或云垂丝海棠，或云西府海棠，庶几难定。其貌酷肖垂丝海棠，然有淡香。幸得常州花卉专家宋君品鉴：属于西府海棠变异，花叶同存。由是得识庐山真面矣。丙申春日。

海棠

叶似香椿紫色真，柔姿淑艳待何人？
风前宛转无弦曲，雨后妖娆总怆神。

梅花系列

丙申正月初十咏梅

【小序】小院植梅二，西梅生机勃勃，开则满树繁花，馨香逗鼻。花期逾月，新蕾旧痕，前赴后继，令人感动。东梅两年前枯萎，树干用于挂篮晒鱼，近日忽一枝斜出，开出一串奇花，招人怜惜，咏以志之。

天姿不与百花邻，宕逸千枝独占春。
艳蕾缤纷惊素魄，粉痕缱绻出红尘。

枯槎侧倒娇无力，翠条横斜瘦有神。
冻蕊凝香承雨露，诗题未尽画难真。

梅叶（七绝三首）

其一

憔悴随风满地飘，黄花绝艳对天娇。
无声代序催春至，化作尘埃护幼苗。

其二

酷似蝉形色黑焦，虬枝咬定扇轻摇。
花开蕾绽悲歌发，不舍依依别渭桥。

其三

寒风凛冽鸣枯苇，叶落花开郁未晨。
超俗回真浮欲澈，苞云蕾雨浥轻尘。

乙未大寒之夜瑞雪染梅

清香冷蕊岁寒时，夜雪横斜尽染枝。
袍素巾柔非独秀，心华净处梦春迟。

丁酉腊八赏梅

沉思往日徙霜晨，雾失烟销梦里人。
莫道江南无所有，感君寄我一枝春。

梅花

枯叶纷披锁暗香，紫烟破萼缀微霜。
冰肌玉质娇含酒，冬至阳和换蝶妆。

晚秋感怀

——次韵王冕《墨梅》

枝斜叶落高低树，菊露惊寒带雨痕。
一雁横空秋更好，只留清气满乾坤。

附：王冕《墨梅》

我家洗砚池头树，朵朵花开淡墨痕。
不要人夸好颜色，只留清气满乾坤。

荷花系列

校园荷塘

绿叶田田接太穹，清池菡萏对双瞳。
千姿百态分明见，短笛长箫十里风。

荷池清赏（七绝三首）

初夏

水绿风晴碧叶连，香清露白倚晨烟。
又当惜别家家月，唯有荷花处处妍。

初秋

玉立亭亭九曲连，娇红菡萏舞轻烟。
莲蓬卧剥溪头乐，浓妆淡抹意态妍。

初冬

缥缈枯叶雁影连，风高月小霭残烟。
潜修遁隐无踪迹，藕渚丝长泣露妍。

庆贺第17届中国金湖荷花节

三湖万朵碧漪塘，疏雨随风入醉乡。
菡萏丰凝歌旧梦，芙蓉艳丽舞新妆。
莲蓬影动星衡转，藕节丝牵月殿凉。
每至嘉辰清赏日，如闻帝子到沅湘。

【附注】金湖，有半城绿色半城水、万亩荷花万里香的美誉。三湖，指金湖县境内白马湖、宝应湖、高邮湖。荷之名称，概称有：荷花、芙蕖、莲花、藕花等。细分则有：荷，指叶或叶柄；花，未开为菡萏，已开为芙蓉。结子则有莲蓬、莲子、莲藕三阶段。

牡丹系列

丁酉次韵陈亮弟子咏通大牡丹园

梦绕春风锦绣园，轻翻舞袖曲中喧。
亭台起伏朱栏遍，月澹山遥自古魂。

诉衷情·次韵弟子倪歌咏通大牡丹亭

灯前肠断为谁书，携手雁飞初。三生石上缘定，红艳悟真如。
长夜雨，独踟躕，岂萧疏。东风吹彻，锦绣流香，老马知途。

点绛唇·次韵史红强弟子咏牡丹园

花落花开，结庐闹市知音少。水边凝笑，恰似天归巧。
丽影金波，顿觉斜阳好。红尘道，晚来啼鸟，惆怅书庄老。

兰花系列

孔子与兰花（七绝二首）

其一

列国周游十四年，徘徊隐谷意茫然。
芗兰独茂伤贤者，触景援琴一曲传。

其二

芳熏百草转光风，十步丰茸九畹东。
清露微悬云卷岫，争推王者古今同。

【附注】据郭茂倩《乐府诗集》卷五八《琴曲歌辞·猗兰操》引汉代蔡邕《琴操》:《猗兰操》者，孔子所作也。孔子历聘诸侯，诸侯莫能任。自卫返鲁。过隐谷之中，见芗（香）兰独茂。喟然叹曰:“夫兰当为王者香，今乃独茂，与众草为伍，譬犹贤者不逢时，与鄙夫为伦也。”乃止车援琴鼓之云云，自伤不逢时，托辞于芗兰。

咏兰（七绝二首）

其一

一径寒云映深林，蓬艾参差万籁喑。
几叶时飘空自洁，霜来露往故园心。

其二

十步浮香暗袭来，细闻素萼梦初回。
同心契合随空化，一箭多花一夜开。

空谷幽兰

细雨绵绵酷暑天，轻车飞越绿如烟。
幽兰九畹参差影，空谷遥深入管弦。

大暑赏兰

素心一缕语深情，偶见幽芳只自惊。
九畹贞风吹满袖，篱边酷热忽东行。

教师节赏兰

风卷浮云去复来，今朝忽见数枝开。
人生乐事不常有，心契金兰未可猜。

水仙花系列

次韵洪永先生《咏水仙花》

萼绿花醇次第新，云深露湿净无尘。
碧箫度曲谁同醉，江畔独醒不著人。

水仙花开了（新诗）

水仙花开了，
你总是姗姗来迟；
说好了寒冬时分，
总会拖到元宵节绽放。

水仙花开了，
你出身高贵；
来自温暖的漳州，
好友每年按时寄来。

水仙花开了，
你出类拔萃，
不仅花叶碧绿葱翠，
白色的小花清香袭人。

水仙花开了，
你不用泥土的呵护，
无须施肥的程序，
照样婀娜多姿，清秀美丽。

水仙花开了，
根如银丝纤尘不染，
花如金盏银台，
香气清远馥郁暗播室外。

水仙花开了，
你有“凌波仙子”的美誉；
白玉冰泉堪比洁，
仙风道骨冠群芳。

水仙花开了，
你短暂的生命白璧无瑕；
奉献出自己的全部年华，
消逝在春的萌芽。

水仙花开了，
你预示着春意来临。
即使香消玉殒，
也在所不辞。

水仙花开了，
有着太长太多的期待；
一日悄悄绽放，
清香飘满人间。

水仙花开了，
总是在撩人的季节；
你缓缓地来轻轻地去，
留恋中没有半点的怨言。

水仙花开了，
你成为符号、语码，
承载着丰盈的思绪，
回荡在春的世界。

（己丑仲春）

石榴系列

石榴似火（七绝二首）

其一

榴开似火竞千花，抟果殷红透绿纱。
婀娜枝头承雨露，风胞百子就云茶。

其二

青藤绿蔓醉黄花，烟滋黛叶隔绛纱。
鹊踏南枝风雨后，逍遥自在一瓯茶。

葡萄系列

大弟赏葡萄

远望轻云接太行，近观夏黑醉金香。
清醇可口行天下，笑里农夫独擅场。

葡萄名品（七绝四首）

其一　夏黑

绿叶凌风碳黑迎，珠联璧合万枝盈。
蛰龙蜕骨冷云湿，骊马倾心昊月明。

其二　阳光玫瑰

重重叠叠闪珠光，倒挂龙鳞惜旧香。
玛瑙琉璃追宝气，今逢酷暑唱东皇。

其三　巨玫瑰

绿叶虬枝映紫红，英姿挺拔每临风。
清甜多汁常回味，借得“玫瑰”气象雄。

【附注】巨玫瑰闪亮登场，果皮紫红色，着色好，里外一起红，果肉较脆，多汁，无肉囊，口感特别好。具有纯正浓郁的玫瑰香味，香气怡人，品质极佳，可与玫瑰香媲美。

其四　醉金香

晶莹通透醉金香，北斗南回挹酒浆。
茉莉氤氲萦五内，肉嫩皮薄百忧忘。

蒲公英系列

采桑子·蒲公英

紫红叶柄飘零处，暮雨听鸦。晨曦笼沙，一箭逍遥落我家。
星移斗转随风洒，黄色烟霞。白色云茶，寂寞篱边天一涯。

蒲公英

伞柄紫红伞盖黄，朝开暮合顺阴阳。
清明时节知吾意，淡雾轻绒过断冈。

蒲公英

绿叶纷披傍地行，黄花点缀倚空明。
朝开暮合皆图像，春至秋归似众生。
葶雨无声归草泽，绒毛漫舞入蓬瀛。
根圆色褐白浆迸，四季轮回梦自惊。

柿树系列

登梯摘柿适逢国庆佳节顺祝“柿柿如意”

雨细天阴桂叶新，榴沉枣落对修筠。
梯斜树老甘香溢，果硕丹青绿蒂醇。
日月曾随经世面，风霜未带感天人。
谐音事事皆如意，千载相期属此辰。

鹎鸟啄柿

叶色青青扁柿黄，秋风摇曳满园香。
东家小子垂涎盼，鹎鸟飞来一扫光。

【附注】鹎鸟，俗名白头翁，啄柿极快，瞬间即光。

樟树系列

香樟换叶

满地殷红随意飞，仲春落叶破寒威。
本生飘落一时景，不向樽前叹式微。

香樟枯叶

飘落天南数日间，涅槃路上惜容颜。
飞蓬野马随风逝，四季常青两鬓斑。

其他系列

苏幕遮·丁酉仲冬菊艳

绿烟低，枝上蕾。梦里香回，绝艳谁同醉。楚畹飞霞兰结佩，饮露经霜，冬日开奇卉。

碧云天，黄叶磊。细雨轻寒，应是悲秋泪。窗外西江风动苇，急管繁弦，一洗千重翠。

野草知春

野草枯荣有白诗，春风未绿见英姿。
寒冬潜伏苍苔下，淅沥飘飞满地滋。

榆树

【小序】日前于乡间路边看到一长者置一小袋榆树嫩头叫卖，勾起一段回忆：20世纪60年代初正是饥荒之年青黄不接之时，树节参差、树皮坚硬、树干弯曲的榆树嫩头，和糠摊饼充饥以为天下难得之美味。遂有乡邻冒险攀顶采摘嫩头之举，往往命悬一线，围者惊叹！

在我印象中，榆叶糠饼，干涩带刺，殊难下咽。与历代诗词中的榆钱饼有天地之隔。乙未暮春。

河边榆老盘根深，叶茂枝繁树节参。
脚踏斜梯攀到顶，嫩头采摘最崎嵚。

乡居元宵

蒙蒙阵雨吞江乡，社舞村歌入苇塘。
猜谜观灯城里事，柳芽梅萼旧时香。

惊蛰

枯草泛青节物催，云低雨急一声雷。
邻村绿树昏疑合，蝴蝶庄生远梦回。

立夏赏花

层层绿叶白花藏，（香橼）
璀璨繁星落我乡。（葱花）
内敛低眉浑不露，（柿花）
一红胜出到江湘。（石榴）

橘花

嘉树扶疏解后皇，新苞绿叶逸春光。
轻泉流齿南山远，浓雾入怀北斗长。
清比木樨三百斛，烈如茉莉一千筐。
微风玉屑云烟醉，淡月珠胎不敢藏。

梨花

白云五出随春雨，枝叶萧疏霰雪飞。
犬吠清泉催麦秀，鹊来瓣落动心扉。

木香花

奇香扑鼻土墙西，竹径含风白蕊凄。
点点繁星随处有，轻烟薄雾一何迷。

菜园四宝

茎柔叶浅舞绒毛，（蒲公英）
四面舒扬怯远遨。（金银花）
新叶旧枝萦正气，（藿　香）
漂浮绿伞醉春醪。（薄　荷）

蚕豆花

背倚东篱遍九围，心形苜蓿雨中肥。
莺声紫蕊愁将去，蝶妆花冠喜欲飞。
粉叠叶圆惊灿烂，虫飞枝落叹芳菲。
村深麦秀蚕眠日，荚厚果长念久违。

豌豆花

天生蔓性细柔肠，翠软枝条半倚墙。
太白遗风空旧月，海棠雅韵锁残阳。
粉红雪白皆仙蝶，浅绿金黄尽虎骧。
待到扶疏初夏日，鲜肥豆荚齿痕香。

金银花三首

其一

春花开遍我方开，错落高低趁蝶来。
白里流金依四隅，和风细雨独徘徊。

其二

我本忍冬总自轻，欣逢《本草》赋嘉名。
花开烂漫金银色，解毒消炎万户迎。

【附注】金银花，得名于《本草纲目》，在之前叫“忍冬”。

其三

苞片青青花蕾催，轻肥带露一时开。
白衣绽放金黄馥，透入心脾春意回。

【附注】金银花开放过程历经四种颜色：青、青白、纯白、金黄。

青蒿团

路旁碎点溢清香，浅浅单茎苦味藏。
糯米青粉随雨梦，花生黄酒入诗囊。
轻搓夹馅知柔韧，静看飞花叹抑扬。
屉里徘徊如绿玉，云蒸霞蔚下沅湘。

春艳

桃花吐艳菜花黄，细雨风筝问海棠。
蚕豆花娇雏燕影，汀洲望断郁金香。

三
春日载阳

春风

柳影婆娑入画屏，桃红梨白映天庭。
徘徊香径吟洲渚，夜色凄迷动四溟。

春夜喜雨

百草萋萋露笋芽，池塘园柳逐纷华。
甘霖漫洒尘霾尽，风递虫声透碧纱。

夜雨

暮雨潇潇江上村，闲花寂寂洗心魂。
苇风梦浅逍遥渡，柳拂鸟鸣掩泪痕。

【附注】首句为唐诗名句。

元宵节收摘辣椒兼怀各地亲人

深红淡白忆青葱，凛冽冬寒度北风。
又是元宵团聚日，一枝聊寄海云东。

丙申元宵节云舒雨过

岁末立春催北苑，年初雨水敲西窗。
祥云南绕黄淮柳，紫气东回静楚江。

元宵节：南包汤圆（七绝二首）

【小序】元宵节吃什么？北滚元宵，南包汤圆；由来已久，代代相传。我们这一带主要吃荠菜汤圆，方言以“荠菜”谐音“聚财”，以图吉利。

其一

荠菜新挑瘦倚肩，草猪肉馅搅时鲜。
江南糯米多潮腻，抟雪轻摩沸水穿。

其二

烟云袅袅群星出，波涌珠浮露玉容。
颗颗汤圆盈瑞气，一年一度又相逢。

步韵昌集兄乙未元宵节戏咏汤圆

柔韧圆融永不争，供人品赏寂无声。
明珠出浴馨香溢，布雨兴云济众生。

步韵潜阳居士羊年元宵有感

雾失楼台月影斜，元宵忆旧盼晶天。
浮云总会迷人眼，玉宇澄清万户圆。

立春

风寒叶嫩激塘波，梅落柳醒倩影过。
造化因随人事改，几回饮恨几回歌。

【附注】造物之奇，难以想象：立春时间是2月3日23时34分01秒，如果再过25分59秒，就是“春打六九头”。

春归校园

柳绿丝长挂小河，天蓝云白镜新磨。
四方学子思归切，何日疫消共踏歌。

春夜听琴

一二渔樵三四声，五弦超逸六龙横。
七星错落八荒雨，九陌黄鹂十里鸣。

雨水感怀

东风涨绿晓寒轻，漠漠霏霏错杂行。
篱下已知归隐计，是非宠辱不须惊。

辛卯清明雨后有感

草绿雾迷渺似蓬，烟开细雨薄如弓。
青山不见群莺乱，耳畔涛声江上风。

风入松·清明节

潇潇春雨夜初长，锦瑟诉衷肠。少年心事依稀在，燕飞过，逝水无央。天上重逢初度，小桥竹院斜阳。

梦醒东海雾微茫，蜂聚菜花黄。箫声一去无消息，柳丝拂，曾记江湘。回首烟波何处，惊鸿照影流觞。

咏谷雨之日乡间夜雨

【小序】谷雨之时，布谷声闻，萍水相逢，戴胜鸟游于桑，上演冬春夏“三国演义”：冬尽、春浓、夏临；承上启下，气象万千。夜雨吹遍，农家把酒，将“有事于西畴”！

布谷声绵萍水流，香椿叶嫩牡丹惆。
桐花开处青鸠醉，桑果甜时戴胜游。
桂树叶鲜迎夏日，蜡梅枝密别冬畴。
黄瓜瓣出番茄绿，洗尽农家一片愁。

谷雨

樟叶翻飞满地星，海棠带雨自飘零。
香椿紫润葱花白，麦秀摇摇入画屏。

谷雨咏怀

江阔云低夏日回，南窗竹影海棠栽。
书堂旧学因人事，院静香深扑鼻来。

【附注】应常熟理工学院人文学院黄亮博士之邀，作“江南书院”藏头诗，适逢丁酉谷雨之日。

暮春雷雨感怀

朝锁轻云暮转阴，繁华弱柳荷塘深。
百花摇奕因风雨，啼鸟翻飞自古今。

小燕子

嗷嗷待哺暖风微，鲜活泥窝挂屋闱。
挤去挤来争母宠，呢喃热切盼云飞。

带雨移栽

细雨纷纷谷雨前，低衫短领钵苗鲜。
连泥带土悠然下，他日相逢斗露妍。

春江唱晚

细雨和风生海水，繁花丽日满江东。
斜阳一曲思牛背，秀色微烟气郁葱。

春意

老树长枝弄淡黄，梨花先雪影琳琅。
新芽吐绿随风舞，似燕双飞绕画梁。

春分

柔枝绿叶最妖娆，宝鸭无言戏晚潮。
燕子归来当忆旧，惊雷电闪一时消。

庚子春分

柳岸斜风劳燕飞，高山流水惜芳菲。
枝柔蝶舞梨花落，草长莺啼石笋肥。
小麦拔高烟雨绿，菜花开满水云微。
惊雷破土疫情退，电闪星流游子归。

春

一片清波一片黄，菜花怒放小池塘。
鸟巢扑眼枯枝绿，笑语欢歌唱夕阳。

北京之春

昨夜狂风扑面来，惊神骇目似崩摧。
尘霾扫尽清寰宇，为报白云起绿槐。

立春

淡墨犹存雪夜吟，檐冰未化寄南音。
忽惊明日春风返，似水如云一片心。

今日立春

雪霁风寒未解冰，虫醒土穴气横膺。
鱼思莲叶轩窗冷，晓起春来薄酒凝。

【附注】立春三候

东风解冻：东风送暖，大地开始解冻。

蛰虫始振：蛰居的虫类慢慢在洞中苏醒。

鱼陟负冰：河里的冰开始溶化，鱼开始到水面上游动，此时水面上还有没完全溶解的碎冰片，如同被鱼负着一般浮在水面。

春日

万柳千丝碧水滨，海棠吐萼巧思新。
欣逢盛会开生面，草长莺飞步步春。

附：朱熹《春日》

胜日寻访泗水滨，无边光景一时新。
等闲识得东风面，万紫千红总是春。

蝶恋花·春怨

又是春归花满树，荠麦青青，石上曾相许。梦里依稀桃叶渡，断崖飞瀑风荷举。

柳舞青丝闻岸语，竹影西窗，剪烛浮霜露。烟水茫茫无觅处，斜晖更落凭谁诉。

春愁（七绝二首）

其一

当春细雨润如油，柳绿飘飘却似愁。
自恨当年相遇晚，怎堪岁月不淹留。

其二

人归深巷潇潇雨，舟入寒塘淡淡烟，
四十年来孤迥客，几回丝竹惹无眠?

庚寅元旦感怀

旭日东升海水滨，霞光璀璨动江邻。
牛辞虎跃驱寒意，春色遥遥天地新。

元旦：一路（16）风雨，一起（17）追梦（新诗）

日出扶桑，
长太息兮将上。

流年似水，
心有灵犀自难忘。

菊花憔悴，
牡丹叶绿又枯黄；
霜风凄紧，
白露茫茫掩西窗。
寻常巷陌，
乡关何处叹垂杨。
斜阳草树，
林泉高低向远方。

大变局，
宇宙浩瀚；
尖峰时刻，
烛影煌煌。
可惜流年，
画桥绿堤曾思量；
忧愁风雨，
淡云夜梦一池塘。

2012 年春节抒怀

辛卯浓浓捷报传，壬辰凛凛雪花连。
飞龙戏月临东海，娇兔归途对羽筵。
万世历程遥可数，百年壮志碧如绵。
后先近远皆贤棣，教学相生数十年。

四
夏日长辉

临江仙·初夏

四月暖风催大麦，云边一缕残霞。两湖澄澈转年华，一枝谁与共，竹外东园花。

梅子樱桃鲜欲滴，鸡鸣酒淡人家。万千往事若蓬麻，流莺悲寂寞，烟水渺无涯。

初夏菜园

新竹依墙翠叶新，番茄累累数枝伸。
黄瓜坠地多尖刺，扁豆粉红待雨神。

丙申立夏感赋（七绝三首）

其一

槐花瓣雨洒清香，小麦扬花蝴蝶忙。
斗指东南梅子熟，群蛙鸣处绿池塘。

其二

樱桃未熟已飘香，油菜斜沉雏燕忙。
笋节升腾天地阔，青荷相倚满池塘。

其三

缸边鸭蛋带苇香，蚕豆成型蜜蜂忙。
桂叶深浓蚯蚓出，梦随诗雨到池塘。

庚子立夏

黄梅青李绿池塘，麦穗含风待插秧。
蝶恋花残难入梦，莺啼柳老不成章。
草莓色艳睡莲醒，大蒜形娇榆叶扬。
疫疠渐消门户热，乱蛙鸣处意无央。

农家小满

累累石榴桑葚红，高高小麦笑迎风。
夜莺啼柳蜻蜓舞，晨燕穿荷蝴蝶丰。
雨幕开帘醒皓月，烟波入梦炯双瞳。
水车流转青秧绿，荼苦瓜甜百味融。

芒种四果吟

紫黑绵柔养胃肠，（桑椹）
皮黄肉润味纤长。（枇杷）
酸甜止渴曹刘喜，（青梅）
籽黑瓤红似醴浆。（西瓜）

芒种

抢收小麦抢栽秧，梅雨欲来栀子香。
五谷祈丰天地顺，黄瓜花下走螳螂。

六一感怀

榴花似火竹光开，柿叶如烟柳色回。
永葆童心庆六一，深情摇曳共倾杯。

大暑祈雨

酷日炎威夜影空，火云压屋入房栊。
蓬门绿绕丝瓜倚，忍待霜天弄雨风。

大暑问月（七绝藏头诗）

问我东篱载酒归，心游物外卧深帏。
无形无迹无盈缺，愧向溪桥弄夕霏。

夏日偶题

吟思竹影倾家酿，梦对青痕读异书。
伏热花黄蝉悦耳，繁星迎面下云裾。

夏日鸣蝉

古有刘邦唱大风，千年蜕变向苍穹。
夕阳明月依然在，飞絮落花几度红。

夏日菜园

残雨断云去复留，柴门绿绕暮烟遒。
荷锄戴月虫声急，品类繁多粲两眸。

夏日久雨初晴感怀

淫雨初停绝昼霾，轻扬荷叶映天街。
光风转蕙摇金碧，杖策东篱勉我怀。

次韵《水浒传》“赤日炎炎似火烧”（七绝四首）

【题记】今年暴雨洪涝之后，高温持续，酷热肆虐。想起《水浒传》白日鼠白胜吟唱歌谣，实际上是《水浒传》作者创作的七绝，次韵四首，以诗养心，再御秋虎。丙申夏末

其一

赤日炎炎似火烧，浅溪引灌沃枯焦。
滂沱急雨何时至，裂帛敲金翠叶摇。

其二

赤日炎炎似火烧，乱云归去泽枯焦。
大鹏运海垂天翼，水击南溟星宿摇。

其三

旭日东升隔树烧，风熏水浅豆蓬焦。
疏帘露榻蚊虫叹，梦雨飞来绿影摇。

其四

落日殷红放焰烧，白云灼热菜蔬焦。
轻烟暮霭求天雨，冥币黄幡烛影摇。

附:《水浒传》原诗

赤日炎炎似火烧，野田禾稻半枯焦。
农夫心内如汤煮，公子王孙把扇摇。

大旱酷暑忙于田间劳作不能参加读书沙龙深以为憾致诸友人

闰月和风歇，芋头培土亲。
禾焦忙灌溉，羡煞读书人。

金蝉脱壳（七绝二首）

其一

寄宿树根似万年，嚣尘一蜕渺如烟。
轻风吹拂羽衣动，引吭高歌欲曙天。

其二

污泥遍体不知年，默默无闻待晓烟。
前世何知今日事，高歌一曲向云天。

初夏菜园

柳絮纷飞日半斜，榴花秀艳度归鸦。
瓜苗拔节思霖雨，墙角孤姿不自夸。

梅雨

梅子酸甜雨意稠，断云残蔼暗城头。
虫依草褥高低语，鱼弄荷钱续梦游。

梅雨观芋

绿叶盾形荡雨珠，蛙声一片闹东隅。
荷风吹遍香无迹，错落成垅入画图。

夏至江南即景

柳意深深一笛风，芙蓉旖旎醉飞瞳。
菖蒲叶瘦摇黄穗，自在苇莺动四聪。

夏至偶遇父亲节

风雨兼程绿意融，黄瓜肥硕苦瓜崇。
中西同庆番茄艳，茄子带泥苋菜丰。

五月的声音（现代诗）

陶醉于暮春的清新艳丽，
流连于初夏的浓烈飘逸，
不知不觉走进了五月。

五月，江河畅流，绿叶扶苏；
五月，菜花金黄，绿遍江南。
五月是歌，
蛙声如鼓，
深深浅浅的鸣唱是她高高低低的音符；
五月是海，
波涛连天，
蓬蓬勃勃的日子是她层层叠叠的浪花。

五月是火，
她的热度可以用一枝灌浆的麦穗来测量；
五月是雾，
她的变幻可以用一首花季的朦胧诗歌来形容。

五月是温柔的，
每一朵花开，
每一缕风暖，
一个个绽放的生命，
都是对自然造化的深情礼赞。
五月是乖戾的，
刮风、暴雨、地震；

火山爆发、沙尘曼舞；
一个考验，
一个考量，
大自然的神威让每一个生命惊悚、敬畏！

五月的声音，
丰富而多彩。
泥土
是坚硬而纯真的声音；
麦浪
是柔软而沉稳的声音；
绿叶
是亮丽而成熟的声音；
小草
是自然而安分的声音。

五月，是季节飞渡的诺亚方舟；
五月，是绿叶沉郁的不老歌坛；
五月，是百花争艳的 T 型走台；
五月，是禽虫演唱的黄金季节。

你听到的，你听不到的，都是流畅的声音；
你感受到的，你感受不到的，都是悦耳的声音。
声音，是五月的符号；
声音，是五月的骄傲。

五
秋日临霞

秋声赋

其一

酷暑消融桂影连，秋声渐起北池莲。
龙潜豹隐寒鸦外，云淡鸿归冷月边。

其二

黄瓜舒展紫薇上，扁豆花浓苋菜鲜。
竹影丝瓜随日月，芋头叶绿辣椒连。

其三

园西枣树压枝浑，月洗浮云滴梦魂。
众鸟尝鲜愁日暮，毛虫附叶刺无痕。

原韵奉和宗文兄《乙未立秋感赋》

风凉草湿庭芜绿，一夜斜吹斗柄移。
莫道盈虚悲木叶，醉翁词赋少陵诗。

次韵建华弟子见寄兼咏明日立秋

炎炎酷暑禾苗枯，微雨初收照紫雯。
皎爽秋风帘影外，瓜鲜豆饱不须耘。

丁酉处暑感赋

“天鸽”云帆拥靓妆，风柔枣熟送新凉。
蓝天作底白云走，引蔓牵枝韵味长。

白露（集句诗）

一场秋雨一场寒，（谚语）
菡萏香销翠叶残。（李煜）
马上离愁三万里，（辛弃疾）
中天月色好谁看。（杜甫）

一场秋雨一场寒（七绝二首）

其一

一场秋雨一场寒，木落花零兴未残。
万壑千岩图画里，多情北斗转身看。

其二

一场秋雨一场寒，云影初开洒露盘。
霜落千林荞麦秀，江枫向晚寸心丹。

卜算子·七夕

万亩藕花横，蟋蟀檐边聚。斗柄西南暑气消，月下无寻处。
剪烛对西窗，竹外舟归去。玉露金风梦里醒，错向红尘住。

相见欢·秋分感怀

稻田露冷难分，暗香薰。依约苇花飞舞向江村。
斑驳树，桂篱路，渺无云。梦断荷塘鱼戏月中痕。

秋分夜吟

虫鸣桂蕊几回闻，豆饱花浓绿蔓纷。
月皎天清风露近，琴心妙处酒初醺。

寒露

一叶浮空夕霭收，川分远岳接天流。
稻浪曙色神州醉，荞麦星光岁月遒。
蟋蟀霜中吟太古，茱萸堰北钓沧州。
参差雁阵惊秋晚，菊艳东篱忆旧游。

启东校区秋日感赋

风车婉转荻花扬，槛外云低绮雪浪。
大雁逍遥依湿地，晨吟夜读乐无央。

一场秋雨一场凉

【小序】秋之意象纷繁，秋雨为重要标志，南方人称“一场秋雨一场凉”，北方人称“一层秋雨一层凉”（郁达夫《故都的秋》）。

一场秋雨一场凉，菊蕊东篱遍地黄。
坐爱枫林惊暮雨，西风半卷洗诗肠。

乙未中秋欣逢芋头开花兼对月遣怀

芋艿花开芋叶田，丝瓜秀润辣椒悬。
轻霞收尽青霄澈，湿气涵依野径延。
月户重修同梦寐，云窗自照伴流烟。
幽冥影转诗心寂，银汉迢迢未忍眠。

丁酉霜降

月胧烟澹荻花齐，断续飞鸿向晚啼。
霜露寒生沾菊桂，松风竹影待谁题。

十五的月亮十七圆（现代诗）

十五的月亮十七圆，
一枕江风，
秋草露冷，
明镜高楼殷勤看。

十五的月亮十七圆，
瑶台阆苑，
桂花依旧，
长歌更倚疏弦。

十五的月亮十七圆，
嫦娥清管，
女娲炼石，
古庙枯树稻田。

十五的月亮十七圆，
须醉樽前，
心系万里，
清辉玉臂不知寒。

中秋不见月，天涯同寄思

花开花谢蝶应知，乍雨还阴隐秀姿。
又是天涯来入梦，兰香桂影一参差。

戊戌立秋

碧树寒蝉身青紫，暖风酷暑未知秋。
青苔白露何时见，独角天牛共唱酬。

一场秋雨一场凉（七绝四首）

同窗聚会版

一场秋雨一场凉，古都金陵挹酒浆。
永忆同窗悲白发，离歌萦断九回肠。

环卫工人版

一场秋雨一场凉，但愿尘埃不复扬。
落叶飘零愁满地，何时扫尽好还乡。

夜半凝思版

一场秋雨一场凉，叶落风残梦断肠。
剪烛裁诗听宛转，云消天际思无央。

连岛论剑版

一场秋雨一场凉，海上云台对孔望。
专业学科同跨越，征人踏月角声长。

【附注】连云港市有云台山、孔望山。

丙申中秋台风突袭皓月遁迹而心月永怀（七绝三首）

其一

惊逢不速莫兰蒂，云黑涛掀万里吟。
月色全无心自有，长歌短笛几回斟。

其二

莫兰蒂树幸东南，浪急风高掩碧岚。
皓月遁形难共赏，嫦娥舞袖落寒潭。

其三

女魃施威赤日天，流金铄石起埃烟。
莫兰突现寰瀛冷，击节临风饮澧泉。

己丑国庆中秋双节偶成

又逢甲子万家同，三五秋分一夜风。
初美浩歌频唱响，更叹展阅贯长虹。
清光弄玉天衢远，岩素飞琼灏气通。
慢品诗章情自得，遥闻天雨月明中。

【附注】“岩素”，指应时盛开的建兰“龙岩素”。“遥闻天雨月明中”，是古诗名句，借用在此，一取实境，国庆节这天晚上，南通是阴天，不见月亮；二取其意境，言其深远浩渺。

六
冬日雪窗

次韵笑君贤棣配建华同窗摄冬日枇杷诗

秋深露白夜来霜，叶厚枝浓对菊香。
默默修持怀远志，春风欲度待青黄。

鹧鸪天·立冬

把酒临风俏入冬，稻花香里忆春容。斜阳寂寂寻秋影，落叶依依觅雁踪。

茅店月，草堂钟。云埋雾锁悟灵峰。故乡今夜思千里，水石清奇叠万重。

乙未立冬次日宗文兄来通讲学有作

【小序】江苏教育出版社原总编辑、《江海诗词》主编徐宗文先生应邀来通大文学院讲学，题目是《盈盈眉眼处 水调数声听——江南诗词概论》，颇推崇王观名句：水是眼波横，山是眉峰聚。

红叶青山水急流，西风凛冽薄云收。
盈盈细说眉峰聚，水调数声万古愁。

“小雪”二怪

其一　杨柳吐芽

万木萧萧落叶飞，枝条摇曳复何依。
寒潮预警防冬雪，老树新芽迎春归。

其二　夜半惊雷

丽日晴空天际回，黄昏带露醉凝腮。
三星忽退笼轻雾，夜雨敲窗起闷雷。

小雪

落叶沾衣细雨迟，寒梅蓄积待南枝。
纷纷暮雪琴弦外，日暖风熏冷未滋。

冬至

阴极阳生大漠寒，灵泉涌动晓风残。
驼铃悦耳侵古道，冰雪和沙下远滩。

乙未冬至乡居感怀

冬草青青万叶枯，辣椒绝艳似悬珠。
葱稀菜敛霜晨白，蒜密篱疏雪夜濡。

渺渺梦痕成影迹，朦朦野语出江湖。
蜡梅绽蕾春何在，踵武前修道不孤。

冬至感怀

苦恨云霾宿雨过，迷蒙朽苇叹蹉跎。
乡关渐近孤帆远，满眼枯荷听棹歌。

三节（小寒、腊八、佛祖成道）赏梅品粥听雨观天

三节烟云动地来，姿娇色艳暗香回。
鹊巢始筑人咸粥，急雨驱霾大雁追。

【附注】今天问候语：今天喝粥没？

浣溪沙·小寒

雪夜梅寒迭霭烟，枯枝染白错如绵，茅丛雏雉荡秋千。
北雁心回风雨路，新巢待筑鹊惊旋，春花秋月两茫然。

乙未除夕感怀

初春月怯夜河寒，傲雪骄梅蓓蕾残。
大圣归来澄玉宇，灵羊别去隐林峦。
曾随北岸寻津渡，独涉南湘觅澧兰。
幸托桃源勤菜圃，荷锄把酒笑儒冠。

除夕天寒雪飞有感，依韵志清兄见赠

雪飞自古兆丰年，盘坐湍流思梓田。
仕进原为旧日梦，归乡难觅苇中天。
沐猴渐润江边雨，解佩唯闻墟里烟。
衰草无痕应有意，雪溪又绿细如绵。

年味已浓

年移代序闹新春，味入新茶品吉辰。
已祝斜阳休更晚，浓熏细染振歌尘。

年年有鱼（藏头诗 · 七绝二首）

【小序】少时村里过年，必清河起沟，捉鱼捉虾，然后分给各家过年。由于没有冰箱等储藏设备，就将大大小小的洗净，挂在树下，风吹雨打。过年时待客，则干香四溢。

其一

年丰露白玉华清，年去年来感鹤鸣。
有蕙兰风还把酒，鱼传尺素盼归程。

其二

年丰露白玉华清，年去年来感鹤鸣。
有蕙兰风还把酒，余行天下计归程。

回家过年（藏头诗·七绝）

回雁悠悠白日斜，家山不远抹流霞。
过风沐雨乡关近，年味浓浓越海涯。

漫天细雨悄入冬

雨打残荷杏叶黄，稻浪璀璨入廪仓。
青山风骨依然在，白水烟岚接浩茫。

初冬纪行

雨细叶飞遍地黄，黪发栗烈涤边场。
金黄稻谷飘香远，老柳疏桐诗意长。

常熟初冬即景

荷残蒲韧柳丝长，水草纷披映雪浪。
无限生机收眼底，但将绚丽答春光。

济南初冬

高楼林立接天桥，薄雾轻笼入九霄。
湖柳纷披空自洁，金黄靓丽寄童谣。

冬至四咏

依依老树郁金黄，（香橼）
寂寂新苔洗暗香。（菜薹）
绝艳枯枝遗韵在，（辣椒）
寒芳细雨故人妆。（蜡梅）

冬日辣椒

雨打霜催翠叶残，飞蓬卷尽斗牛寒。
春来夏去秋风醉，本色无声未倚栏。

“大雪”咏雪

雾散梦醒夜雨声，寒风凛冽雪无征。
飞花六出悠然至，着色无痕羡水晶。

冬日咏梅

寒风凛冽鸣枯苇，疏影暗香霜雪天。
枯叶横飞诗满地，百花凋尽独婵娟。

“小雪”迎大雪

纷纷瑞雪下徐州，逸韵横风忆项刘[①]。
豪杰星移归一梦，日暮云空素光流。

【附注】①项刘，指项羽、刘邦。

岁末乡情

蜡梅绽放丝瓜老，冬韭葶枯萝卜娇。
翠绿香芹寒意远，乡情一片数青椒。

乡间腊月红

香橼叠翠护椒红，带雪茶花守北风。
蟹爪兰开迎晚照，萝卜靓妆贺年丰。

大寒感怀

梅黄韭绿返江村，万物潜藏镜上痕。
静待春风吹梦笛，烟霞满眼酒盈樽。

七
真情永驻

驿站写真

——写给大弟夫妇珍珠婚庆典

其一　徐州：定情篇

华夏相传万户遒，九分天下有徐州。
秋来暑往缘同桌，一见倾心动泪眸。

其二　北京：创业篇

鱼贯进京志未酬，毅然跳槽向全球。
从教销售逢佳运，耀祖荣宗羡旧游。

其三　重庆：办学篇

山城起伏水分流，清气氤氲意境悠。
少博腾飞遵有道，沉潜厚积上高楼。

其四　卫辉：归田篇

归真返璞悦田畴，生态葡萄夕霭收。
把酒临风忘得失，如鱼得水不知愁。

初九：妈妈诞日追怀（七绝二首）

【小序】慈母生日是正月初九，每年亲朋好友都来为妈妈做生日，我们在外工作的子女也会设法赶回，江村顿时沸腾，热闹非凡。

而今妈妈已离开七年，老家也被锡钢拆迁，渺无痕迹。兄弟姐妹则分别在美国、北京、南京、县城各地，几处追怀跨两洲。

其一

每逢初九艳阳天，水浅麦青喜鹊旋。
满座亲朋齐聚集，江村澹荡众喧阗。

其二

俯首焚香双泪流，晨兴一瓣寄哀愁。
如烟似梦声悲咽，枯苇飘摇下瀛洲。

七月半思母（七绝三首）

【小序】每年七月半夜晚，老家都要隆重祭祀先人。慈母离我远去已经七年，我虚拟母亲夜归时，与天堂母亲的跨界对话。

其一　儿子

一别慈颜已七年，高堤挥手①失江天。
每逢十五追怀日，几处伤悲对月眠。

其二　母亲

苦雨凄风又一年，悲忧阊阖九重天。
回头下看断肠处，泪眼婆娑借月眠。

其三　母子

梦断烟消不计年，落英飞絮奈何天。（儿）
云旗奔属开东阁，烛暗声微夜不眠。（母）

【附注】①高堤挥手：老家在长江下游北首江边芦苇开垦地，出门就要爬上两丈多高的堤岸。母亲在这个堤岸分别送走了我与两个弟弟，继而送我们夫妇、再送一家三口，每次都要等到儿子以及儿子一家消失在视野之中，才洒泪而回。

我再次闻到了桂花的馨香——怀念刚刚离开的父亲（新诗）

漫步新村小路上，
再次闻到桂花的馨香，
这是好多天前的印象：
那是浓郁、扑鼻，沁人心脾，
这是沉郁、积淀，曲江流觞。

这个月，上个月，
这个世界，那个天堂，
还没来得及徜徉，
还没来得及展望，
还没来得及听雨潇湘，
还没来得及指点凤凰，
一切都没有来得及，
就走得如此匆匆忙忙！

岂能，岂能不思量，
深情，深情自难忘？
我努力——想他的很多很多的缺点，

如今竟然成了不可磨灭的点点亮光。
我不由自主地想到他的伟大，
心中腾然升起永不熄灭的一轮太阳。

经受了太多太深，
承载了太重太广，
一个又一个，
强烈地撞击着脆弱的心房！
妈妈当年说过，
子女虽多，最不放心的是你？
曾经的不屑一顾不以为然，
如今却浩浩汤汤一片汪洋。

与年龄无关，
你是否坚强？
与阅历无关，
哪怕历经创伤？
与理性无关，
即使经受秋后凉霜？

淡淡的远远的，
是半圆形的月亮。
我至今难以接受，
你是为了解脱苦海无疆。
哦，
从今开始，
一定学你，哪怕是一点点一点点的顽强！

（辛卯初冬）

萋萋寸草情（新诗）

菜花黄黄，芳草萋萋。
细雨点点，南风煦煦。
又是一年思念时。

爷爷、奶奶，哥哥，
在一起，
西首一排。
如果赶上市场经济，
可以开个路边店，
足以谋生。
每年一次性供应，
好多好多，
显然奢侈，
还有存款。

父亲、妈妈，
在东河边，
占尽好风水。
妈妈哪里懂?
父亲一定有脸面，到处溜达。

最想看，
是姨娘，
二姨娘。

妈妈女姊妹，凡三，
大姨娘多才多艺，
但体弱多病，
没有子嗣，
很早离去。

妈妈智商不高，
能力非常有限，
干农活，
一般般；
料理家务，
想恭维，
至今也难。

只有姨娘，
二姨娘，
人中之凤，
论貌有貌，
论才有才。
干农活，
压倒须眉；
论辩说理，
壮士扼腕。

姨娘，
二十一岁守寡，
虽旧式婚姻，
痴念终生，

不愿再嫁。
姨夫家，
姓张。
张家的侄儿，
我幼时的伙伴。

坟茔，
是姨娘最后的归宿。
在这里，
才知道姨夫的姓名：
张防安，
这个让姨娘六十多年牵挂的符号！

在这里，
才知道，
姨娘的夫家，
兄弟两个，
有公婆、有哥嫂，
一个完整的家。

凭什么？
凭什么？
改了姨娘的名姓？
实在接受不了！
孙凤章，
一时称颂，
多雅多靓！
我的依靠，

我的偶像!
现在竟是:
张孙氏?

姨娘,
是我近日的“中国梦”。
平和、洒脱,
仍是多年的风韵。
也许,
这是姨娘的选择。
我还有什么话说?

宁静的村野,
简朴的仪式。
面对熊熊的纸火,
我对弟妹说,
姨娘托梦给我,
我来磕三个头。

姨娘,
永恒的怀想,
明年,
我还来,
看你……

(癸巳清明节)

乙未清明扫墓再怀二姨娘

蚕豆花开柳叶低，麦苗摇曳草萋萋。
箱笼货币情犹薄，美酒佳肴梦未栖。
永夜虫鸣悲自语，中庭月落对棠梨。
黄鹂紫燕依新树，生死茫茫泪眼迷。

【附注】二姨娘是我永久的怀念，记得5～11岁之间，幸得二姨娘援手抚养，得以苟全性命于饥荒之年。故有《天边的阵雨》系列散文三篇、新诗《萋萋寸草情》等追忆之作。

清明追思

淡云暖日又清明，避疫灵符错杂行。
断柳彩丝依供桌，心香一瓣泪轻盈。

【附注】以此追念逝去的父母、养母（我的二姨娘，守寡，在我5岁那年即将饿死之际，收养了我，至11岁回家）。

家乡美食

淅沥蒹葭雾气迷，临江接海鸟双栖。
乡情一片天边月，往事三千水底畦。
美味初尝随岸柳，佳肴细品倚云霓。
驱除疠疫归来日，虹影桥飞过草堤。

【附注】中央电视台经济频道《生财有道》栏目今晚19时播出“美味西来”，介绍我老家——靖江市西来镇的餐饮：萝卜丝馒头、蟹黄包子，以及著名的西来八大碗：长九圩芋头蹄髈、焦家港红烧杂鱼、西来桥香菜粉皮、缪家埭红烧羊肉、烂泥桥河蚌青菜、郁家埭鳝丝焖蛋、敦义港红烧老鹅和新宏明豆腐炖蛋。

由于生在江边，家里太穷，居然大部分没有吃过。如今央视经济频道大张旗鼓宣传，向往之极。因抗击新冠肺炎疫情，就地封闭居家隔离，可望而不可即，因而赋诗以寄怀。

桥

两条河，延伸，像一道彩虹；
祖母小脚走过的地方，我大步流星；
桥上的草，枯了又青，青了又绿。
我在桥上观赏风景，
我在桥上神游天地，
我在桥上多愁善感，
我在桥上想起了那个人。

八
禽言诗剧

乌鸦与喜鹊（原创禽言诗剧）（八场 / 七绝十六首）

【题记】这是我对禽言诗剧的尝试与探索，写作历时三年，对乡居周围 100 多只乌鸦、40 多只喜鹊观察而来，它们的各种叫声、各种状态均能触发灵感。它们夏秋吃我的西红柿、红枣、柿子等美味，冬天吃我的青菜叶。诗剧分八场，由十六首绝句组成。

第一场：出场

〖乌鸦出场〗

［场外唱］

身匀牙白喙宽长，黑色风衣尾饰煌。
（啊—啊—啊—）
凄厉鸣声非本意，舒缓神秘又苍凉。

〖喜鹊出场〗

［场外唱］

黑白相间韵尾长，翩翩气宇自轩昂。
（嘁喳—嘁喳—）
天生丽质嗓音脆，悦耳和弦万里扬。

第二场：对视

［乌鸦唱］

帅锅[1]今逢本命年，低声下气把心悬。
（哇—哇—哇—）
翻飞未料逢邪运，喜鹊墙头舞蹁跹。

［喜鹊唱］

待字闺中又一年，歌声婉转盼随缘。
（喳—喳—喳—）
哇声忽到悲愁起，好运顿时化柳烟。

【附注】①帅锅：帅哥。

第三场：互讽

［喜鹊唱］

一身黑色走江湖，楚楚衣冠困囧途。
哀怨嘶哑招厄运，人嫌晦气雨中驱。

［乌鸦唱］

炒作喧嚣善伪装，梳翎刷羽立东墙。
喳喳不休谁报喜，万噪千声总失望。

第四场：攻讦

［乌鸦唱］

得意高枝便忘形，瞒忧报喜假惺惺。
人生本就多磨难，喜语空空似露萤。

［喜鹊唱］

孤坟野外凄凉地，恐怖迷离伴哭声。
影视剧中凶兆出，命悬一线梦魂惊。

第五场：感喟

［月神唱］

月儿弯弯照九州，有人欢乐有人愁。
千年偏见成通例，相对无言泪暗流。

从来刻薄狭心胸，有色眼镜自不容。
何况同林非一日，纷传你我本同宗。

第六场：溯源

［土地唱］

寻根问祖自然道，出自何门音讯遥。
未必同纲凝一目，同科异属光景韶。

归宗远溯雀形目，世出鸦科血脉连。
鸦鹊分家源自属，双峰并峙妙如弦。

【附注】根据生物分类学，生物分为七个层次：界、门、纲、目、科、属、种。乌鸦喜鹊，同属一目——雀形目；同属一科：鸦科；至属分家：乌鸦为鸦属，喜鹊为鹊属。

第七场：感应

［月神唱］

月明如练天如水，玉桂影摇乌鹊惊。

［土地唱］

天赋灵爻知代序，心神感应晓枝轻。

［乌鸦唱］

你我本来是一家，

［喜鹊唱］

绕树月下雾笼纱。

［乌鸦唱］

稼轩吟唱曾惊鹊，

［喜鹊唱］

月皎惊乌邦彦夸。

【附注】曹操《短歌行》：“月明星稀，乌鹊南飞，绕树三匝，何枝可依。”辛弃疾《西江月》：“明月别枝惊鹊。”周邦彦《蝶恋花》：“月皎惊乌栖不定。”

第八场：兼美

［合唱］

嗷嗷反哺笑楚鸠，孝慈情性世无俦。
禽虫微物曾知义，父母劬劳共唱酬。
梭乱机停双泪流，眼穿肠断为牵牛。
殷勤架构桃花渡，玉露清风一夕游。

【附注】《说文解字》曰：“乌，孝鸟也。”《尔雅翼》云：“乌，孝鸟也。始生则母哺之六十日，至子稍长，则母处而子反哺，其日如母哺子之数，故乌一名‘哺公’。”《淮南子》：“乌鹊填河成桥而渡织女。”李邕：“织女桥边乌鹊起，仙人楼上凤凰飞。”

跋语：

一剧三年得，一吟双泪流。
知音如不赏，把酒对三秋。

下编

九　治骚余韵
十　高山仰止
十一　心绪抒怀
十二　学校写真
十三　雪泥飞鸿
十四　酬唱序跋
十五　诗钟联语
十六　诗与人生

九 治骚余韵

九歌·湘夫人诗解（七绝五首）

【小序】屈原《九歌·湘夫人》，明代胡应麟叹为“千古言秋之祖”，摹想无穷，冷韵凄然，隽永耐读，秋思无边。多次吟咏，意犹未尽，赋诗五首，略记意趣。

其一

秋风袅袅洞庭波，北渚遥岑落叶娑。
鸟萃苹中罾木上，白薠骋望小青螺。

其二

朝驰余马到江皋，夕渡西津入夜涛。
麋食中庭蛟出水，由沅及澧驾金鳌。

其三

筑室水中荷作盖，紫坛荪壁播芳椒。
辛夷桂栋谁同倚，白玉杜衡凝碧霄。

其四

九嶷并迎遣思悠，袂襟弃捐涕泗流。
杜若香清伤远者，逍遥容与下汀州。

其五

沅有茝兮澧有兰，秋风浩渺锁林峦。
洞庭木叶萧萧下，帝子远辞暮雨寒。

再赋端午

青青蒲剑喝雄黄，彩彩龙舟透粽香。
万里传承三楚水，千年闪烁汨罗光。
屈原求索崦嵫迫，靳尚谗奸社稷殃。
楚郢遥遥思苦雨，华人处处过端阳。

辛卯端午有感

千年湘水梦悠悠，万里群山向岳州。
萧艾悬杈无厉鬼，蕙兰沐浴有神游。
独宗佳节源民俗，名列非遗凝露秋。
晚唱迢迢联四海，渔歌渺渺撼龙舟。

丙申端午九咏（七绝九首）

其一　菖蒲

又见翠烟出水清，多丛斗剑伴风行。
灵香去湿驱邪毒，细切蒲丝美酒盈。

其二　艾蒿

绿艾如旗入梦清，庭除洒扫自躬行。
弥天梅雨空惆怅，艾虎高悬百室盈。

其三　招魂

楚些招魂拱太清，九嶷云阔碧梧行。
但祈阊阖知兰艾，不效灵修误满盈。

其四　钟馗

席帽乌靴玉露清，红袍长剑御风行。
黄书手掣遵天道，飘逸须髯气息盈。

其五　雄黄

研磨雄黄夜气清，祛邪制魅送君行。
素贞难拒许仙劝，塔下相思泪水盈。

其六　彩丝

绝艳榴花分外清，细缠五色月东行。
折桃系臂趋时俗，澹荡心胸正气盈。

其七　食粽

箬叶绵柔江水清，洞庭波涌载歌行。
蛟龙惊避飘云雨，角黍彩丝万户盈。

其八　竞渡

五月沅江拍岸清，飞桡箫鼓弄潮行。
少年不解屈原意，唯有沉湘百怨盈。

其九　吊屈

举世猖披我独清，皇舆险隘不堪行。
固知謇謇罹忧患，数化灵修未执盈。

读《昌集兄次韵阚兄乃庆乙未端午》感怀

汨罗江畔苇秆擎，竞渡龙舟鼓角声。
蒲艾驱邪源古史，雄黄益气续新程。
党人追逐因名利，屈子好修以独清。
自古端阳无祭主，沉江任石享令名。

乙未重阳于冯其庸学术馆讲读楚辞感赋

西风篱落荻花迟，柳影萧疏塞雁知。
楚泽云遥思接舆，洞庭水復忆湘累。
离骚夜醉灵均恨，端午风熏蕲尚悲。
古镇前洲多盛事，宽堂馆里拟新辞。

赞秉高兄治骚卓卓且创“楚辞研究”专栏厥功甚伟

楚辞召唤越千年，屈子沉潜到驿边。
笔墨春秋难预设，人生风雨笑凭肩。
深井挖掘知三昧，学海遨游浸九渊。
浩渺阴山开眼界，专栏永续缀青编。

【附注】周秉高，1945年生，江苏海门人，毕业于内蒙古大学中文系，就职于包头职工大学，曾任中文系主任，任全国总工会系统41所职工大学联合学报《职大学报》主编。（乙未仲秋）

乙未秋末次韵成虎兄《闻介楚辞专家萧兵事迹感赋》

遥想飞觞拥万兵，一行一页总关情。
沉迷神话寻三昧，醉读离骚悟屈平。
耿耿星河依海月，漫漫夜雨下瑶京。
苍天眷顾修庭果，破绎原型淡墨名。

次韵乃庆兄《乙未端午》

蜻蜓上下催梅雨，蚂蚁龙行未许名。
西海扬霓齐玉轪，昆仑邅道杂千萦。
浮云蔽日诗心老，碧水迎风燕羽轻。
永忆端阳悲愤日，空吟蒲艾意难平。

步韵灵庚老兄乙未新春赋诗

月逐微云远梦回，风随浅雪彩旌来。
离骚有怨因时发，楚橘无言近水栽。
六秩归田身未迈，三朋把盏酒先开。
窗前旧卷轻声诵，好美前修亦伟哉。

汨罗龙塘采风纪事

罗子东迁到瞭山，龙塘甘洌悦龙颜。
香囊入脑驱邪气，碱粽随心列翠鬟。
大屋柴场惊五鬼，桃枝烟雨闹三湾。
韩家风范传何氏，豆子芝麻伴我还。

奉和昌集兄《夜遇》之作

绕月层云入太清，行吟泽畔楚风轻。
灵均问卜①天人际，偃蹇瑶台②万古情。

【附注】①灵均问卜：屈原有《卜居》一篇，反思人生选择之难。②偃蹇瑶台：《离骚》有“望瑶台之偃蹇兮”。

乡居咏怀

青烟漠漠暗西村，时彦纵横野未昏。
怀德登堂依海月，硕园耕种入修门。

【附注】日本楚辞研究专家西村时彦，硕园先生，有著名的“怀德堂文库”楚辞百种。

屈原与渔父

浩浩湘流下万年，秋风有泪意缠绵。
渔夫巧遇应知我，一曲沧浪响耳边。

临江仙·屈原当年

远追高阳心系楚，近思先祖王城。良辰吉日岂兰馨，三寅纷内美，知水重修能。

思美人朝朝暮暮，僻芷江蓠情生。导夫先路泪纵横，一腔酬国志，幽咽蕴秋声。

第三届“楚辞与东亚文化”国际学术研讨会感赋

露月天高墨菊开，淮南江北海云回。
群贤汇聚通今古，新说纷纭去复来。
屈赋知音频切磋，楚辞同好挟风雷。
大桥飞架连东亚，笑对宾朋共举杯。

次韵仲贞弟子丙申端午感怀

麦熟荷娇造化迁，雄黄酒烈总成篇。
潜心切磋追来者，裹粽熏蒿又一年。

辛卯答徐卫兄、育红贤棣见赠

治屈咏骚四十年，亦教亦学乐无边。
滋兰树蕙皆成荫，绿水青岚二月天。

祝贺世彩兄骚体诗诗集《新楚辞》出版

其一　藏头诗

漆简疏遒结胜缘，雕题玉酒笑林泉。
世途倚伏无忧虑，彩笔烟霞路漫延。

其二　嵌名诗

富春漆斛两相知，画栋雕梁偃蹇姿。
云梦世风萦楚泽，洞庭彩袖舞新辞。

【附注】1986年，与世彩兄结缘于富春江畔，中国屈原学会第二届年会。

其三　浣溪沙

黄卷青灯乐楚辞，收徒建馆笔参差。沉吟苦悟不知疲。
晓露浮云如梦幻，寒烟夜月尽奇思。流年风雨两忘机。

【附注】《金刚经》云：一切有为法，如梦、如幻、如泡、如影，如露亦如电，应作如是观。

丙申初冬复旦讲授屈原感怀

屈子离骚悬日月，楚王台榭没山丘。
光华楼畔悲湘澧，红叶黄花水自流。

次韵中模先生赠诗兼及《五百种楚辞著作提要》撰著得失

灯前旧卷半青黄，城郭山林已两忘。
日暮云飞霜染色，星稀月落露凝香。
千秋远绍空垂泪，四海旁搜暗断肠。
一曲轻弹难入梦，三弦九奏不成章。

次韵育红贤棣甲午冬月《祝贺获得重大项目》（七绝三首）

其一

秋色空蒙思楚郢，悠然顿悟化林霞。
沅湘晚唱洞庭远，斑竹轻摇映荷花。

其二

凛冽寒冬山岛暖，楚天云阔自无疆。
风严雪紧书山醉，守正孤抱率旧章。

其三

十载彷徨寂寞心，白鸥飞处晚云深。
寻常巷陌斜阳树，把酒临风可共斟。

屈子行吟（七绝藏头诗）

苏世横流屈子吟，州桥月下醉江浔。
科思八极追虞舜，大禹涂山岂独今。

辛卯贺东亚文化研讨会在韩国延世大学隆重举行

拍岸惊涛沧海横，文明守卫异中盟。
从军高丽述张謇，流寓崇川载泽荣。
回顾千年延世路，共襄两地续新程。
居敬行简神龙远，会震云中兰蕙情。

【附注】

1. 张謇当年曾经从军到过朝鲜，而金泽荣则流寓南通。

2. 居敬行简，典出《论语》，同时嵌入“敬震”二字，以赞韩国延世大学会议主持者许敬震教授之风度气质。

壬辰步韵何永康先生

夫子雍容下江海，清风浩渺出蓬莱。
他年早有登门意，今羡逍遥渔父来。

次韵弟子仲贞除夕感怀（七绝二首）

其一

优游屈学随园夜，沉浸东湖悟几何。
切磋每思成体系，离骚四论浩如歌。

其二

出岫无心似画坤，顺应造化受春恩。
登堂磨砺初闻道，入室迢迢破昧门。

翡翠手镯（青椒造型）

纤腰婀娜袅熏风，艳丽晶莹造化功。
一曲传奇谁与共？离骚未尽醉魂中。

祝贺熊人宽先生《屈原宋玉与荆楚历史研究》出版三首

其一

西街熊氏觅乡音，研屈探幽若断金。
络绎问难疑似雪，春秋功罪世同歆。

其二

师承门派孰追寻，泉石流莺漫有心。
勤读沉思皆我意，远山隐隐倚寒林。

其三

卷轶纷繁夜气箴，优游濠上寄情深。
寻根究底经风雨，坐阅冰霜道古今。

【附注】熊人宽，著名楚辞学家、书法家熊任望先生之弟，乃吾同县同镇之老乡，出自工科，精研有年，放言无惮，每有会意。

赠逵夫老师

三十三年貌自丰，富春江畔旧相逢。
金城切磋无穷趣，治屈研骚暮霭浓。

哀郢

水碧荷青五月天，龙舟艾叶粽香连。
纪南城里章华在？屈子思归夜不眠。

讲学感怀

枇杷已熟杏未黄，五月皋兰七叶香。
落照临风论屈子，数杯滋味咽离肠。

端午闻汨罗公祭有感

闰月暮蝉急雨疏，一尊畅饮记当初。
攸攸诵祭思湘累，楚岫烟云自卷舒。

端午话楚辞

艾蒿拔节共菖蒲，淡拂槐花片影孤。
抗疫驱邪怀屈子，沅湘浩浩洞庭湖。

《屈原考古新证》出版感赋

梦里沉吟四十年，春花秋月总茫然。
古井慢汲欣甘洌，油墨飘香半亩田。

【附注】这是我的博士论文，历经15年终于正式出版。

沁园春·哀郢

婵媛多悲，太息长楸，断尽寸肠。恨西浮夏首，东迁鄂渚，皇天违命，去闾流亡。同姓忠臣，明于治乱，内美修能字字伤。西思苦，叹故都日远，舟楫齐扬。

逍遥南渡陵阳，怎奈得归心秋夜长。怨承欢汋约，谗人嫉妒，愠惀逾迈，舜尧离彰。郢路杳杳，九年不复，侘傺难通意灏茫。何时返，羡丘狐回首，青鸟归乡。

鹊桥仙·戊戌小寒雨中赏梅因叹屈子

枝繁雨小，花香水滴，无奈年华暗度。西风已老洞庭波，叶憔悴、佳期再数。

独醒屈子，多悲宋玉，每叹回车复路。好修犹在桂篱边，远岫出、孤村迟暮。

如梦令·次韵育红贤棣端阳寄词

原本乡心田父，神往九嶷三楚。寒暑几何时，沉醉未知吟苦。深注，深注，唯有横波如故。

如梦令·酬答育红贤棣端阳寄词

望尽潇湘津路，屈子魂惊何处？不复已九年，太息轸怀如许。薄暮，薄暮，烟柳画桥斜渡。

屈子思乡（新诗）

第一章

拥有天神与山鬼的奇幻
美人与芳草的纯美，
九死不悔的执着激情。

在两千多年前的楚国，
才华绝世的诗人，
写下了这绚丽华艳的乐章。

歌声融汇了
对生命的礼赞
对宇宙的探询
对真善美的追求
对高洁理想的忠贞。

他就是著名爱国诗人屈原，
他就是《楚辞》金相玉质，难与并能的代表诗人。

屈原选择了端午节，
历史选择了屈原。

第二章

他的时代，
是充满矛盾、新旧交替的时代，
是鱼龙混杂英雄辈出的时代。

正如狄更斯《双城记》开头：
这是最好的年头，这是最坏的年头；
这是智慧的年代，这是愚蠢的年代；
这是信仰的年代，这是怀疑的年代；
这是光明的季节，这是黑暗的季节；
这是希望的春天，这是绝望的冬天；
在我们面前万物俱全，在我们面前一无所有；
我们全都直上天堂，我们全都直下地狱。

第三章

这是需要英雄又产生英雄的时代，
这是群星丽天、俊采星驰的时代，
屈原就是在这个时代中
异峰突起、光彩照人的一等明星。

第四章

万里星空，

星空万里。

屈原，

作为战国时代诞生于楚国的一等明星，

纷吾既有此内美兮，

面容俊美，气宇轩昂，

妆饰华丽，风度翩翩，

又重之以修能，

才华绝世，无与伦比；

长剑陆离，佩饰繁多；

峨冠博带，香气氤氲；

佩玉和谐，气质高华；

内美修能，沉稳自如；

博闻强识，英气逼人；

明于治乱，娴于辞令。

第五章

屈原伟岸的形象永远定格在历史坐标上：

志行高洁，重仁袭义；

正道直行，竭忠尽智；

存君兴国，追求美政；

举贤授能，遵循绳墨；

严于律己，忠贞不渝。

第六章

世事沧桑，

造化弄人。

屈原，

饱经风霜，历经磨难，

被流放到湘江之畔
汨罗江边：
深深的森林幽远冥冥，
这是猿猴家族的栖息之地。
高高的山，将煌煌的太阳遮蔽，
山下一片幽暗，飘风多雨。
大小雪花纷飞无边，
一堵堵的云弥漫天际。
我就独自被困在幽暗山林之间，
哀痛我这一生，可能会没有一点乐趣。
我决不变心从俗随波逐流，
宁愿将孤独愁苦穷困进行到底。

第七章

屈原从来没有放弃追求，
但总是一次又一次失望：
您说将要降临北洲上，
放眼远眺呵使我分外惆怅。
秋风阵阵，柔弱细长，
洞庭波涌，落叶飘扬。
登上长满白薠的高地放眼遥望，
为了与佳人约会，一直忙到月昏黄。
鸟儿啊为何聚集在苹草边？
渔网啊为何挂到树枝上？
沅水有白芷，澧水有幽兰，
纵有无限思念啊，无处诉衷肠。
心思恍惚，望穿秋水，
唯有那洞庭湖水，慢慢流向远方。

第八章

这时候的屈原，一脸惆怅满目迷茫：

游于江潭，行吟泽畔，
颜色憔悴，形容枯槁。
长发纷披，随风飘拂；
清瘦干枯，气色枯黑；
百感交替，极度悲苦；
了无生意，前景渺茫。

第九章

屈原上下求索，呼天抢地，写出了震撼千古的诗篇：

老天爷为何这样变化无常，
百姓哪何其震惊、凄惶！
我与君王分离、家人散失，
正当仲春二月，被远徙东方。
离别了故乡乘舟远去，
将顺着长江、夏水颠簸、流亡。

且让船儿随波而下，
上溯洞庭，下入长江。
离开祖祖辈辈居住的地方，
只身一人来到东方。
梦萦魂牵，眷念故里，
哪一刻忘记过返回故乡。

我背对着夏浦神思西驰，
故都日远，怎不令我哀伤！
登上高堤，四处眺望，

姑且借以抒散心中的忧伤。
我哀叹州土本是那样地富饶宽广，
我悲悼一去不返的古朴风尚！
洪波拂扬，我要走到何方？
淼淼大江，我孤独地又将何往？
为何没料到大厦会变成一片废墟？
岂可让两座东门荒芜凄凉？
我心绪烦闷时间绵长，
新愁连接着心头的旧伤；
回郢的道路多么辽远，
更难渡长江、夏长的滔滔波浪。

我总是登高望远，盼望着何日是归去的时光；
鸟飞再远也要回到故乡，
狐狸死了还要面对山岗。
我实在是无罪遭到放逐的呵，
哪一天、哪一刻能把故都遗忘！

第十章

正如普希金《纪念碑》所说：
我为自己建立了一座非人工的纪念碑，
在人们走向那里的路径上
青草不再生长。
我不会完全死亡
我的灵魂在圣洁的诗歌中，
将比我的灰烬活得更久长。

我为他而来，我为他沉醉

——中国屈原学会第十八届年会开幕式致辞

万里传承三楚水，千年闪烁汨罗光。
王国维早在 1919 年就说过，
天不欲亡我中华，必不亡中华之文化。
在中国文化史璀璨的星空里，
有一座永远屹立的丰碑、一座难以企及的奇峰，
他就是一个文学圣典《楚辞》的开创者，
金相玉质，难与并能的代表诗人——屈原。
我常常这样描述：
屈原选择了端午节，
历史选择了屈原。

屈原，
作为战国时代诞生于楚国的“一等明星”，
纷吾既有此内美兮：
面容俊美，气宇轩昂，
妆饰华丽，风度翩翩，
又重之以修能：
才华绝世，无与伦比；
长剑陆离，佩饰繁多；
博闻强识，英气逼人；
明于治乱，娴于辞令。

屈原伟岸的形象永远定格在历史坐标上
志行高洁，重仁袭义；

正道直行，竭忠尽智；
存君兴国，追求美政。

正是屈原的不懈追求：
信非吾罪而弃逐之，何日夜而忘之？
正是屈原的苦苦期待：
忽若不信兮，至今九年而不复。
正是屈原的行吟泽畔：
哀州土之平乐兮，悲江介之遗风。
正是屈原的悲剧结局：
定心广志，余何畏惧兮？
正如苏东坡所云：
生，既不能力争而强谏兮；
死，犹冀其感发而改行。
从而使历史的目光，
聚焦到汨罗，这样一个特殊的地方。
汨罗，已经不仅仅是一条江，
更是中国悠久的、永恒的文化地标。

诗人余光中 1999 年在汨罗写道：
烈士的终站就是诗人的起点，
昔日你问天，今日我问河而河不答，
只水面吹来悲风
悠悠西去依然是汨罗。
作为一个屈原诗作的崇拜者，
作为一个屈原的专业研究者，
作为一个传统诗词的创造者，
我多次来到汨罗

寻访屈原的足迹。
我惊叹于屈原那遥远而顽强的记忆
包括屈原农场、屈原中学、屈原服装厂
屈原饭店、屈原酒厂、屈原商场；
我曾经三次跳入汨罗江，
切身感受屈原当年的悲愤情怀。
特别是在20世纪80年代初期的一个傍晚，
夕阳西下，一片迷茫，
汨罗江对岸，
一群水牛高高低低的走动，
天地间闪出一道亮光，
我身不由已地跳入汨罗江，
凭借我从小在长江练就的水性，
准备游到相隔200多米的彼岸。
没想到汨罗江水流之急，
我被冲到了千米之外的诗与远方。
我为此专门做了研探：
汨罗江已经不是《水经注》所记，
汨罗江流入湘江，湘江流入洞庭湖，洞庭湖与长江相吞吐，
而是汨罗江一路奔腾，
直贯洞庭与长江。

我多次到过岳阳，包括岳阳师专、岳阳师范学院，
今天的湖南理工学院，
我多次到岳阳、到汨罗
参加各种类型的屈原学术讨论会。
记得1988年，
中国屈原学会第三届年会，

就在汨罗召开，
正是在这次会议上，
我见到了萧克将军、叶嘉莹先生；
正是在这次会议上，
我通过龙舟竞渡，感受到了楚人的热烈与痴狂。

岁月不居
世事沧桑，
不变的是，
我对屈原的久远向往。
屈原，
已经融入我的生活，
在我的血液中我的生命中流淌。
我的三重人格，
执着、完美、诗心，
全部来自他的求索与彷徨。
1993 年，
我建立了楚辞研究室；
1995 年，
我建立了楚辞研究所；
2005 年，
我建立了楚辞研究中心。
我先后指导了 47 篇屈原研究硕博士论文。
因为屈原冥冥之中的相助，
惠我良多，此生难忘。
获得国家在线精品开放课程，
获得国家社科基金重大项目，
获得国家万人计划教学名师，

获得国家级教学成果奖。
我的屈原研究团队，
获得国家社科基金项目 16 项，
教育部、省哲社规划项目 14 项，
代代传承，
逐步壮大、不断成长。

感佩屈原，
感念屈原，
感奋汨罗，
感动汨罗，
我们将按照既定的目标，
传过一根又一根的接力棒；
尽管溯洄从之，道阻且长。
但愿溯游从之，宛在水中央。

一座巍峨仰视的山，
就是玉笥山；
一条奔流不息的江，
就是汨罗江；
一个跨越时空的人，
——就是屈原
我为他而来，
我为他沉醉，
我一直行走在屈原研究的路上。

十
高山仰止

卜算子·次韵王观词兼咏如皋师范附属小学大成殿

水是泮池横，殿是云龙聚。巍巍大成气势雄，夫子鸣鸾处。
古树对青灯，乳燕双飞去。暮鼓晨钟起舞时，识得春风住。

附：宋代王观《卜算子·送鲍浩然之浙东》

水是眼波横，山是眉峰聚。欲问行人去那边，眉眼盈盈处。
才始送春归，又送君归去。若到江南赶上春，千万和春住。

次韵郑板桥“竹石”以庆教师节

拂水藏村万壑松，澹烟衰草拨弦中。
风霜聚落摧翰墨，任尔东西南北风。

附：郑板桥《竹石》

咬定青山不放松，立根原在破岩中。
千磨万击还坚劲，任尔东西南北风。

次韵范伯子诗两首

其一　次韵《江心晚泊》

生死无端叹昨非，垂天鹏翼逐云飞。
疏星隐现银河渡，珠箔飘灯待汝归。

附：范伯子《江心晚泊》

江北江南路总非，江心一蝶背人飞。
空波不长浮萍草，夜色苍茫何处归。

其二　次韵《过赤壁下》

楚韵吴歌遍野畴，芰荷淡霭影分收。
东坡醉月古今接，山谷吟风日夜流。
异代知音桐叶雨，他年晓梦荻花秋。
千年感遇谁能辨，飒飒江枫一片愁。

附：范伯子《过赤壁下》

江水汤汤五千里，苏家发源我家收。
东坡下游我上溯，恍惚遇之江中流。
不遇此公一长啸，无人知我临高秋。
公之精灵照明月，照见我心无限愁。

【附注】伯子此诗奇横善健，朴落不脱。因苏东坡佳句“我家江水初发源，宦游直送江入海”，循此生发，辟易化奇。以“奇恣”著名。

原韵奉和范曾先生读习近平总书记在文艺座谈会讲话

十月天高正艳阳，桂花流溢满城香。
中兴可待承明主，艺苑还应别旧章。
诗礼传家宗国学，宅心为国岂寻常。
躬逢盛会临沧海，愿列门墙自肃庄。

满江红·奉和范曾先生反法西斯战争胜利七十周年祭

七七烽烟，神州恸、中华磨蝎。中原急、生灵涂炭，名城陵伐。泣血臣民皆奋起，辞亲兄弟埋忠骨。齐举戈，铁壁固河山，当飚忽。

篡历史，仇再结。鬼屡拜，存幻设。顾当今岛国，落飞鳞屑。七十辉煌承国梦，五千基业开鸿烈。紫气来，旭日暖人间，融冰雪。

贺《大木葱茏——范曾先生艺文回顾展》

长安街北广场东，金水河沿文化宫。
北国沉霾千里暗，明堂映日百屏红。
杉松湖石显灵异，诗画宏文撼紫穹。
大木参天宜地气，葱茏伟岸接长虹。

【附注】范曾先生《大木葱茏——范曾先生艺文回顾展》于2014年1月17—27日在北京工人文化宫“太庙”正殿展出，凡120多幅作品。太庙：周代称“明堂”，古代帝王祭奠祖先的家庙，1950年改为“劳动人民文化宫”。范先生告：画展开幕式当天，整个北方雾霾笼罩，浓云压城，唯有太庙上空，一线光亮，阳光灿烂，似有神灵护佑。

恭贺范曾先生意大利书画展开幕式享誉四方

维多利奥海鸥飞，书画鸣鸾彻夜辉。
雷拉亲临惊四座，东西演绎显神威。

【附注】范曾先生书画展所在地——维多利奥宫海鸥翔集，一片祥和安宁。至夜，在朦胧静寂的罗马古城一灯独亮闪耀远方；而马塔雷拉总统亲临画展，则凸显文艺复兴之高标独照，望尘莫及。总统文化顾问高塔特盛赞范曾先生是“两国文化最高级的演绎者”，可谓定评。（丙申秋）

原韵奉和范曾艺术馆克成述怀

急雨连风接九霄，长天丽日达云标。
群倾艺馆崇名立，独上高峰恶语消。
国学沉潜除俗类，辞章迭出对时嚣。
生逢盛世当知遇，入室登堂赞舜尧。

原韵奉和范曾先生中央电视台“温暖二〇一五”

不负平生胆识昂，万民瞩目赞鸾凰。
莫忘东亚风波急，瞻顾西欧骤雨强。
故国先开梅月远，家山再拨柳烟长。
执鞭揽辔知温暖，造化天成意气扬。

望海潮·次韵范曾先生《记古罗马并述乙未展览、授勋事》

波河浪永，卑斯峰远，文明谁与相俦。圆拱贯天，矩弧覆地，风流大畅神洲。万代不言愁。忆文艺复兴，岂属人谋。工匠称家，诗人并列，乱云收。

王宫圣地时猷，赏恢宏画展。异彩彬彪。米氏沉思，但丁执著，中西演绎同流。对话接千秋。观神来妙笔，倾倒邻叟。仰视勋章璀璨，陶醉自当酬。

望海潮·次韵范曾先生《烈火凤凰——记中国人民抗日战争暨世界反法西斯战争胜利七十周年纪念大会阅兵式》

铜墙深壁，青纱绿帐，恢宏凤采鸾章。万壑千山，驰兵奋战，潇潇陟彼高冈。落日照飞黄。步枪加小米，浴血相亢。不屈不挠，蔚为奇观，掩鸿荒。

三军步履铿锵。十四年铸就，再现鹰扬。齐聚端门，关注人类，城楼格外巍昂。气势过三皇。正义当必胜，天地兴亡。合作共赢愿景，发轫听鸾凰。

次韵范曾先生《元日得福田弟贺诗依韵奉和》兼咏九酸学诗往事

襟怀诗艺略轻传，雅集九酸笑语妍。
各拟名联无次第，同题习作敢争先。
凝思批阅方知夜，伫立恭听不记年。
如沐春风心若醉，芝兰玉树倚堂前。

丁酉次韵范曾《八十自寿》

沧海曾经自巍昂，江离辟芷洞庭霜。
思传睿哲通三变，笔继灵渊洽万方。
明月无心寻碧影，春风着意泛崇光。
常惭才拙无高韵，梦入西郊听凤凰。

思辨

人物通南北，楼台阅古今。
风云摩荡处，击节一长吟。

恭贺孙逊师生日

当年景行随夫子，仰望高山似拱辰。
沪上风云皆伟业，丹阳草木亦知春。
一川兰蕙成知己，两岸松筠蔼后尘。
玉树诸郎频致贺，思源万斛溢芳醇。

纪念霍金

呆滞木然颈歪斜，轮椅梦幻露檐牙。
眼神移动心飞跃，驾驭时空极口夸。

渔家傲·赞于谦

仰慕天祥生忠烈，功存社稷心如铁。砥柱狂澜同日月。冤情雪，桐飘松劲寻红叶。

百炼千锤修抗节，危身安国一腔热。谁悟朱弦歌断绝。清风咽，闾阎缭绕悲啼血。

附：于谦诗两首

石灰吟

千锤万凿出深山，烈火焚烧若等闲。
粉骨碎身全不怕，要留清白在人间。

入京

绢帕蘑菇与线香，本资民用反为殃。
清风两袖朝天去，免得闾阎话短长。

赞吴隐之二首

其一

千古遗踪近郁林，苍苔碑刻任尘侵。
贪泉清冽我来酌，操节巍巍抵万金。

其二

赴任广州叹陆沉，浩然一酌似如今。
清廉自守民心向，隐之遗风远可寻。

【附注】《晋书·吴隐之传》："吴隐之，操守清廉，为广州刺史，未至州二十里，地名石门，有水曰贪泉，相传饮此水者，即廉士亦贪。"隐之酌而饮之，因赋诗曰："古人云此水，一歃怀千金；试使夷齐饮，终当不易心。"及在州，清操愈厉。

赞杨震两首

其一

正气凛然国士心，相逢昌邑作良箴。
修身内守神灵照，天地有知万世吟。

其二

潍河风暖成奇蕴，大气恢宏天地知。
黑夜重逢心坚守，十金一拒自成诗。

【附注】《杨震拒金》

东汉时，杨震在赴任途中经过昌邑时，昌邑县令王密山来拜访他，并怀金十斤相赠。杨震说："故人知君，君不知故人，何也？"王密没听明白杨震的责备之意，说："天黑，无人知晓。"杨震说："天知，地知，你知，我知，何谓无知？"王密这才明白过来，大感惭愧，快快而去。

赞刘宠二首

其一

太守离任赴帝城，忽闻阶上熙攘声。
山民相率谢君治，一百小钱万古情。

其二

"吏稀狗懒始安眠，率下正身圣化天。"
"各取一文心泪涌，清言有味慕前贤。"

【附注】《三国志·吴书·刘繇传》裴松之注引晋·司马彪《续汉书》曰："（刘宠）后辟大将军府，稍迁会稽太守，正身率下，郡中大治。徵入为将作大匠。山阴县民去治数十里有若邪中在山谷间，五六老翁年皆七八十，闻宠迁，相率共送宠，人赍百钱。宠见，劳来曰：'父老何乃自苦远来？'皆对曰：'山谷鄙老，生未尝至郡县。他时吏发求不去，民间或夜不绝狗吠，竟夕民不得安。自明府下车以来，狗不夜吠，吏稀至民间，年老遭值圣化，今闻当见弃去，故戮力来送。'宠谢之，为选受一大钱。故会稽号宠为'取一钱太守'。其清如是。"

至仓颉故里——扬州市邗江区杨庙小学即席赋诗

烟花三月下扬州，芦叶琼花碧水流。
一路芬芳思仓颉，长歌杨庙上层楼。

恭祝王兰老师九十五寿诞两首

其一　赞王兰

文星奇曜到人间，熟数金陵结胜缘。
霁月光风香九畹，自宜松鹤伴长年。

其二　美丽语文（藏头诗）

美眸照遍信纵横，丽泽南轩拥路迎。
语燕流莺还秉烛，文窗绣户澹烟轻。

南乡子·风雪残灯梦欲迷

——怀念陆文蔚先生

雨雪本含光，惊起芳华滴漏长。又是梅开思往事，茫茫。生死相依寄断肠。

霁色入横塘，一枕寒风两处凉。未竟绵绵长短句，辞章。梦里徘徊泪几行。

孔子见老子：2500年前的大师对话（七绝四首）

【小序】孔子见老子，是我最神往的境界。有文献可据的，孔子见老子四次。我只感动于司马迁《史记》在孔子世家、老子列传所记载的这次：30多岁的孔子仕途顺利锋芒初露踌躇满志，作为老子的一枚粉丝，渴望一见得到指点。老子居高临下要言不烦切中要害指点迷津，孔子不虚此行大有长进。两个人的对话，是哲人、伟人、大家、大师的峰会，在中国漫漫历史长河中久久回响，不绝如缕令人震惊！

【孔子】

鲁君惠我求真谛，两马齐驱不染尘。
问礼老聃咨世事，守藏洛邑指云津。

【老子】

鲁国高才登洛城，聪明深察世人惊。
危身博辩发人恶，赠汝嘉言万里行。

【老子】

古人已朽名言在，良贾深藏态色虚。
君子得时除骄气，蓬累盛德应无予。

【孔子】

人生跨越记眉容，兽走鱼游矰矢重。
御气乘风云海外，高深莫测仰如龙。

从唐诗出发，纪念长征胜利八十周年（七绝二首）

其一

今人不见古时月，今月曾经照古人。
遵义风回过赤水，乌江月澹又逢春。

【附注】“今人不见古时月，今月曾经照古人”，李白名句。

其二

昨夜星辰昨夜风，星罗曲折古今同。
身逢家国百生治，心仰鲲鹏万里雄。

【附注】“昨夜星辰昨夜风”，李商隐名句。

辛亥革命百年祭

朔月星稀丹桂天，菡萏香褪浩无边。
改良立宪随天意，变法维新任自然。
振臂忘身驱鞑虏，击流有我洗腥膻。
艰难遍历悲往事，一日腾飞万代传。

怀念啬公

——己亥清明节啬园祭奠致辞

大江东下海潮上，潮潮都进青龙港。
港中有三镇，长乐居中央。
一代名人啬公从此出发，
向历史走来，

向我们走来，
带有鲜明的海洋文化特征：
雄阔、奔放、执着、徜徉。

世变九州三古绝，国魂千劫一丝轻。
维持自系吾曹事，辛苦丛残已得名。
他生活在充满矛盾、新旧交替的时代，
生活在需要英雄又产生英雄的时代，
正如狄更斯《双城记》开头所云：
这是最好的年头，这是最坏的年头；
这是智慧的年代，这是愚蠢的年代；
这是信仰的年代，这是怀疑的年代；
这是光明的季节，这是黑暗的季节；
这是希望的春天，这是绝望的冬天；
在我们面前万物俱全，在我们面前一无所有；
我们全都直上天堂，我们全都直下地狱。
啬公亦有感：
百年当短烛，独夜正高楼。
耿耿丹霄路，迢迢碧树秋。

淮南江北海东头，撮此青苍顾众流。
脚底沧桑千劫换，眼中薪火万方忧。
啬公对南通地方的贡献，
无论是当时，还是今天，
一致公认办教育、兴实业。
这是他最重要的追求，
也是成绩最为卓著的标志。
但就啬公而言，实业、教育，

不过是他地方自治的一个组成部分，
他追求的是“四项全能”：
普及教育、公共卫生，
大兴实业、推广慈善，
一国不可行，一地必可行。
正源于这“四项全能”的追求，
才有了南通人至今引以为傲的十几个“第一”。
所以才有胡适的评价：
做了三十年的开路先锋，养活了几万人，
造福于一方，而影响及于全国。

淮南止有狼山高，兴学止有通州早。
啬公的教育实绩，声名卓著，有口皆碑。
值得我们今天传承的是，
啬公坚持的也是德智体美劳全面发展的教育。
尤为强调军国民教育：
养成军国民教育须从小学起，
能行此军国民教育须从师范起。
先后开设课程：
体操、兵操、拳术、刀法、枪法、游泳、竞漕，
期望国家之教育也、军旅也，
社会之士也、兵也，皆融为一。
这一“教育终极之目的”，
曾经引起过一些师生不解、误解，
故啬公感慨：
孤月随人别路明，惊回别梦是江声。
千愁万恨凭谁说，化作空烟一片横。

又是一年清明节，我填过一首“风入松”：

潇潇春雨夜初长，锦瑟诉衷肠。
少年心事依稀在，燕飞过，逝水无央。
天上重逢初度，小桥竹院斜阳。
梦醒东海雾微茫，蜂聚菜花黄。
箫声一去无消息，柳丝拂，曾记江湘。
回首烟波何处，惊鸿照影流觞。

我们再次来到啬园，
凭吊啬公，
缅怀啬翁。
不得不面对这个“啬”字。
每当我们介绍啬园路、啬园校区时，
总会有一些尴尬：
仍然有人读“啬”为“蔷”，
这也无妨：
蔷，蔷薇、玫瑰、月季，
都是蔷薇科花卉，我们可以选择白蔷薇、白玫瑰，
心香一瓣，
祭奠先哲。
当然，“啬”也大有来头，
《老子》云：治人事天，莫若啬。
啬，就是爱惜、节俭、收敛，
啬公亦有解释：
以忠实不欺、坚苦自立为宗旨；
忠实不欺、坚苦自立，成我通州之学风；
俭，可以凝贞苦之心，可以养高尚之节，
可以立实业之本，可以广教育之施。

啬，就是俭，就是勤勉，
就是不忘初心，
就是校风学风。

乱鸦争落日，古木向栖烟。
风侧帆三面，沙平辙一弦。
默默读着：
即此粗完一生事，会须身伴五山灵。
不由得感慨万千，敬仰万千，
啬公尝有言：
道德优美，学术纯粹
乃高远之目标，
乃切实之境界，
谨作“藏头诗”以寄：
道妙怀真斗转枢，德高梦远露凝珠。
优贤古寺吟新月，美璞灵山识旧途。
学进思明临玉树，术成艺达胜蓬壶。
纯风馥奕谁同醉，粹气烟疏可并驱。

十一
心绪抒怀

初七夜雪有感

琴弦拨弄有烟霞，仿佛泉过酒旗家。
修到诗情随日月，雪飘梦远笔生花。

第三十二个教师节感怀

欣逢三十二春风，一页翻飞烟雨中。
沉醉不知归去晚，蓦然回首月桥东。

教师节感怀

欣逢三十五春风，燕失鸿飞烟雨中。
沉醉不知归去晚，暮云萧散过江东。

祝贺第八届苏州台北中小学生《中华经典诗文诵读会》

（七绝二首）

其一

六月芙蕖绝艳迟，姑苏碧瓦水中移。
轻吟默诵消庭暑，记取频年共享时。

其二

六月炎风急雨天，姑苏台北翠微连。
同源共祖争弦诵，顿觉遥峰霭暮烟。

元旦：每天升起的太阳依旧（新诗）

不知不觉
新年的脚步悄然接近，
行色匆匆
漫天的问候早已扑面而来。
每天升起的太阳依旧，
心低徊兮顾怀，
长太息兮将上。
不经意间，
折射出异样的光芒。
碧云天，
黄叶地。
霜风紧，
梅蕊流香，
乡愁脉脉万里遥。

枯藤老树，
林泉高高低低，
流向远方。
宇宙茫茫，
历史悠悠，
家在画桥堤下住，
家在凝岚一点中。

心境

家在烟桥古柳边，灯红酒绿任窗前。
清心一洗濠河水，裁剪春光上素笺。

生日感怀

蒹葭摇曳满金坛，细雨风轻未觉寒。
诞日欣逢贤弟子，连宵畅叙欲回澜。

【附注】丙申深秋到金坛，偶遇弟子，师生畅叙，其乐融融。

中文852班三十年聚会邀余参加因事不克相会遥致情意

【小序】当年师专办学在今之南通大学钟秀校区，谓之三里墩，即城市东郊三里。当时交通闭塞，城里人说：踢你一脚跟，踢到三里墩。还有人说，三里墩，太远了，大约三四十里。中文85级，是国家教委特批首届提前单独招生的试点年级，生源优质，人才辈出。乙未秋。

青葱岁月付东郊，翠竹依稀滴露梢。
三里墩头寻往事，诗情满眼待推敲。

乙未霜降中文78级校友返校聚会而作

【小序】1978年10月23日，师专78级中文1，2班入学，我刚刚入职即奉命担任年级辅导员，与同学们共同生活共同成长，度过一段难忘的岁月，迩来三十有七年矣。当时学校位于三里墩北，校内西半为市委党校。

你跳龙门我执鞭，依稀梦里不知年。
园东半壁随江月，墩北三秋卧海天。
白日放歌欢似雪，青春作伴渺如烟。
相逢未觉霜风起，一路沉吟入管弦。

古典诗词创作讲堂开讲感怀

雨过风轻落叶飞，晒场稻满枯荷稀。
养心悟性传薪火，不绝弦歌出岩扉。

诗词入榜感言

锋行榜主传佳讯，繁盛“诗词”自可名。
悟性养心知技艺，诗朋汇聚九天鸣。

电视台诗词群英会咏怀

一路奔流一路风，从容舒缓到江东。
群英荟萃弦歌日，沉醉诗书道义隆。

十全十美

十里西村月影斜，犬喜来迎闹千家。
十枝五叶春风梦，美酿开樽不足夸。

【附注】祝福各位亲朋好友新年快乐狗年大吉十犬（全）十美

三月感怀

观灯猜谜闹元宵，惊蛰风回绿画桥。
往日雷锋今可见，又逢盛会鼓春潮。

庚子五一节感怀

春节遭逢病毒缠，居家抗疫不知年。
复工复学归常态，惆怅离怀是夏天。

江阴讲学感怀并奉徐杰弟子

暖风高柳到江阴，又见爱徒情谊深。
畅叙人生知我意，树人树己识初心。

【附注】得意弟子徐杰毕业二十五年，居然在我老家靖江对面——江阴一聚，其喜洋洋者矣！

词两首

——写给南通市“文以养气　廉以守正”诗文大会

其一　清平乐

百花璀璨，迴夜星辰贯。柳拂莺啼任羽翰，诗雨依依绿展。
燕飞月转五山，莲溪一棹云还。代代相承寄远，弦歌响彻人间。

其二　长相思

诗一篇，文一篇。养气修身诵古贤，挥毫莫我先。
江连天，海连天。守正丹心似石坚，窗疏志不迁。

校庆感赋二首

其一

小麦青青大麦黄，枇杷双倚夜飘香。
百年心迹凌云路，千里月华拥画堂。
乔木苍烟存灏气，高楼远色逸荷塘。
小窗风定开新卷，深院燕徊驾七襄。

其二

淮南江北海西头，绿瓦青砖岁月遒。
咸淡人生书院事，苦寒风雨画屏秋。
人才自古称难得，美誉从来向内修。
五月嘉辰思跨越，视通八极共浮游。

文学院校友会换届感赋

漠漠阵云夜雨声，天涯回首一阳生。
几家麋醉追师表，何处泉流忆渭城。
万卷沉吟惊岁月，百年啸傲叹秦筝。
临风几度凝眸泪，柳岸苇飞听晚莺。

我是一粒小小沙（新诗）

黄土茫茫似海连，平沙浩浩四无边。
瀚海阑干边塞远，穹庐云横万里晴。
一粒一粒难分辨，渺小细微似无形。
质性从来就稀有，无须吹尽始到金。

我是一粒小小沙，随风飘荡到天涯。
我是一粒小小沙，晨星暮雨伴晚霞。
一粒黄沙一世界，一粒黄沙一菩提。
一粒黄沙一精灵，一粒黄沙一天堂。

我是一粒小小沙，无限世界可收藏。
我是一粒小小沙，瞬间永恒总飞扬。
我是一粒小小沙，修炼砥砺永无央。

六月送别

漫漫人生，我有幸伴你一程；
车已到站，别梦，泪眼，纵横。

我默默返回，一花一叶一乾坤；
你远走高飞，奋力一搏出龙门；
天地间隔，清风明月万古存。

南陌花开香阵阵，东堂荷举影摇摇

——送别 2018 届研究生

南陌花开香阵阵，东堂荷举影摇摇。
一年一度伤离别，柳拂长亭渡渭桥。
春风吹绿，草长莺飞，钟灵毓秀；
夏桐初叶，濠河清波，芝兰启秀；
荷花惊艳，花路纵横，云烟竞秀；
正所谓吴风楚韵润三秀，煌煌三秀发坤祥。

今天，我们再次从三个校区走来，
从三年，或者七年，甚至八年九年走来，
从教室、图书馆、食堂、宿舍走来，
从奶茶店、牡丹园、超市、快递中心走来。
既有前所未有的轻松，又有略带惆怅的迷茫。
是的，既然确认过眼神，
就会孕育出无怨无悔、遥远而亲切的雨霁风光。

我看到过新生报到时的行色匆匆四处张望，
我感动过毕业班同学离别时的泪眼婆娑真情流淌，
我接待过十年、二十年、三十年返校同学的眷恋情深岁月沧桑。
校园，依然是春风秋月冬暖夏凉；
校园，总是四季如歌青春荡漾。
当然是驿站、是阶梯、是桥梁，
自然是提升、是拓展、是成长。

当我们再次面对社会走向社会的时候，
我们已经不再是社会关注父母牵挂的学生，
而是一步跨越，融入了市民、公民、人民的海洋；
相对单纯、相对单一、相对单调的校园生活，
一下子会变得丰富多彩、复杂多变，人生甘苦逐步尝。
社会、实践，才是真正的老师，
我从来不赞成本硕博一口气读完，
就可以一劳永逸，惠风和畅；
学校、校园，不过是人生的一个起点，
生活才是无所不包、有点无奈又不能言弃的课堂。

所有的老师，习惯于好为人师，
临别赠言，喋喋不休，拉你分享；
说不完的牵挂，
讲不完的哲理，
指点几处江山，
描绘几个理想。
说到底，
不过是一种心情，一种祝福，一种期望；
空气里凝聚着嘱咐，
小路上传来动情的音响。
你不用埋怨，不要心烦，
听也无妨不听也无妨，
听风听雨又何妨！

《楞严经》说，
理可顿悟，事需渐修；
人生的修炼，没有那么可怕，当然没有什么可怕，

但是，过程、时间，的确是悠久，跌宕。
就像世界杯，
看到球队看到球星，
看到梅西看到C罗，
看到得分看到欢呼，
还没有走出绿茵场上；
而竞争、平等、合作、规则，
在游戏中体验力量、智慧、意志和美，
曲直是否不可论，
高山流水获妙赏。

一个地球两个支点：一是哲学，一是数学，
这是一个恒久弥新的古希腊雕像；
在天地社会的两极：一是数学，一是音乐，
这是法国哲学家全力描述的星斗文章。
亚里士多德说，
哲学起源于对外部世界的惊奇；
亨利·庞加莱说，
数学家用一个名称替代不同的事物；
贝多芬说，
语言的尽头是音乐出现的地方。
数学、哲学、音乐，
是呼唤英雄天才驰骋的疆场；
数学、哲学、音乐，
是所有学科必须具备的基本素养。

大约三十年前，
我路过一片操场，

那里正在组织书法比赛，
我一挥而就：
沉郁、旷达、妙悟，
是我一生执着而持久的向往！
多少年前，
我曾经是太阳，多少年的风雨历练，
积蓄了无比的能量；
面对着，对知识的渴望，
崇拜之后必然模仿。

如今，
你已经成为八九点钟的太阳，
随着时间的推移，放射出耀眼的神光；
我仍然熵火不息，
我仍然期待时雨备降，
我仍然等待草绿池塘。
人生就像一炷沉香，
让我们从容点燃，
东海青龙铁肩担当；
我知道它会散发馨香，
但是我们无法预测它在某个特定瞬间，
是凡是圣，具体走向？
好在，
除了生活、工作，
还有诗与远方。

大学毕业四十年返校聚会寄同窗

其一　七律

绿叶高低菡萏新，梧桐双影是非真。
三千水击空留梦，四十云飞不染尘。
白发萧萧心未老，青衫澹澹意难泯。
少年况味依然在，落尽豪华愿自珍。

其二　七绝

梦里依稀四十年，月华如练倚轻烟。
同窗三载凝丝竹，雨霁荷圆别有天。

庆祝中国共产党建党九十七周年

浩浩征程迹可寻，波澜壮阔记初心。
百年基业千年梦，万马奔腾奏强音。

中文863班毕业30年聚会有感

三十依依今日还，溱湖相聚尽开颜。
时光磨洗真心在，畅叙人生天地间。

半江瑟瑟半江红

半江瑟瑟半江红，浅酌低吟映晚穹。
莫道人生难际会，我思项羽过江东。

中文953班开沙岛聚会有感

天高地迥聚开沙，二十同窗再品茶。
指点飞烟轻霭外，渐行渐远向天涯。

戊戌白露黄冈咏怀

我自吴头楚尾来，楚头吴尾绿萦回。
东坡思远三秋醉，大别山高五水裁。
一路云烟随古岸，百年风雨入楼台。
凭栏不负达成意，更踏层楼笑眼开。

【附注】南通，古有吴头楚尾之称；黄冈，古有楚头吴尾之说。

五水，指发源于大别山、流经鄂东注入长江的举水、倒水、巴水、浠水、蕲水五条河流。

萍水相逢（藏头诗）

萍踪聚散洞庭波，水底明霞十顷荷。
相共凭栏皆有待，逢辰遇合佩鸣珂。

戊戌霜降后三日中文781、782班入学四十年聚会感怀

霜风凄紧碧云天，红叶黄花四十年。
又是重阳望远日，谁知九月动悲弦。
我随雁阵惊寒早，你跳龙门得气先。
海韵江风皆有道，依然浩荡在凌烟。

乙未霜降中文781、782班校友返校聚会而作

你跳龙门我执鞭，依稀梦里不知年。
园东半壁随江月，墩北三秋卧海天。
白日放歌欢似雪，青春作伴渺如烟。
相逢未觉霜风起，一路沉吟入管弦。

文学院宣布书记院长感赋

一别晴雯当寂寞，富生坐馆叹宽容。
迎来荣贵开新兆，风正国宏接抱冲。

【附注】晴雯：潘晴雯，文学院原党总支书记，现任地理科学学院党委书记。

富生：丁富生，文学院原院长，现任图书馆馆长。

荣贵：钱荣贵，人文社科处原处长，现任文学院院长。

国宏：蒋国宏，管理学院原院长，现任文学院党委书记。

抱冲：抱冲斋，范曾先生书斋号，范曾艺术馆挂靠文学院。

元旦快乐（藏头诗）

元知造物辨箫韶，旦暮孤云起碧霄。
快雨疏风穿野径，乐山乐水映回桥。

猪年咏猪（七绝二首）

其一

一副天生双眼皮，从来憨态最难宜。
存钱瓦罐留花脸，厚重圆浑悟佩奇。

其二

黑脸短毛似二愣，体肥肢短性天承。
取经路上多磨难，正果修成属悟能。

己亥奇观：除夕遭遇立春、元宵欣逢雨水

除夕更阑喜立春，时时鞭炮唤乡邻。
旧街灯火元宵日，雨水相逢倍觉亲。

女神节二首

其一

韭芽破土透绿时，百啭黄鹂不复知。
真善天成含内美，烟开雾敛度青枝。

其二

又是花开赏柳时，高山流水两相知。
兼修内外无人敌，已占东风第一枝。

【附注】冰心：世界上若没有女人，这世界至少要失去十分之五的真，十分之六的善，十分之七的美。

卢梭：世界就是一本女人的书。

泰戈尔：在女人的笑声里有着生命之泉的音乐。

爱默生：美丽的女性是诗人，能驯服野蛮的同类，在她周围的人们心里播下温情、希望和雄辩的种子。

孟德斯鸠：女人只有通过一种方式才能美丽，但可以通过十万种方式使自己变得可爱！

儿童节感怀

又逢六一梦痕添，筛去辛酸只有甜。
往事悠悠皆可数，风摇紫蔓响高檐。

童心不泯（藏头诗）

童子何知霁色澄，心游物外最高层。
不辞远作潇湘客，泯迹山深恨未能。

永葆童真（藏头诗）

永怀契阔夜吟诗，葆炼心光九畹滋。
童稚相呼今白首，真成独坐寄归思。

六心永存说师心

初心本愿炼真金，一片丹心灏气深。
痴心不悔恒心在，天道仁心铸匠心。

送别瑛子、吴丹、文静三弟子

栀子花开小麦黄，枇杷落尽雨飞扬。
青梅煮酒杨梅熟，歧路飘零润八荒。

送别吴翔弟子

小径徘徊已八年，潮平潮阔伴歌弦。
援疆历练随心意，松下清风石上泉。

己亥春日审读教材感赋

曾经桃李花开日，又见飘零满地时。
斟酌推敲无觅处，晨兴暮课伤吟思。

写在江苏省人民教育家培养工程三期文科组在我校研修之时

荷叶初开玉笋鲜，露红烟紫雨绵绵。
牡丹开尽樱桃熟，最美人间四月天。

祈福九寨（七绝藏头诗）

祈风祈水琴弦缓，福业随缘胜老天。
九曲烟霞青嶂里，寨南枕石漱林泉。

谒徐州兴化禅寺

云龙迤逦绕湖滨，绿影疏风远世尘。
法相庄严朝石佛，六根清净问星津。
摩崖鬼斧横空雪，石刻神功拔地春。
斗拱飞檐灵兽护，镜花水月悟前因。

人生履痕（七律藏头诗）

苍石斑斓雨打稀，天寒雪满入帘帏。
眷然耒耜东篱醉，顾矣洞庭北渚飞。
仁智遐思王子晋，者行独立谢玄晖。
无因简册还乡梦，敌马高堤出翠微。

青玉案·天涯望断无归处

——写给无法回家、有家难归的朋友

雪融梅落风无语，莫非是、尘缘误。一线烟霞云不度。小桥茅舍，蒹葭江渚，目断心何许？

红笺难寄萧萧句，人在天涯觅归处。莫待村头吹柳絮。迷蒙巷陌，灯笼枯树，一阵黄昏雨。

夜雨敲窗

夜雨声声敲北窗，小河渐满入长江。
天公不解农夫愿，只盼观音勿普降。

悯农：水稻未割已发芽

金黄灿烂喜农家，备割涤场暮月斜。
意外遭逢连夜雨，镰刀未举已生芽。

【附注】浙江《长兴新闻网》2016年10月24日报道“温度迟迟不降 水稻再发芽”。

《中国常州网》10月27日报道金坛、溧阳等地“连续阴雨，大面积水稻尚未收割就已发芽，不少农户遭灾”。

《扬州新闻网》10月28日报道“水稻成熟季遇罕见超长阴雨天，一些稻子竟然在穗上发芽了”。

江苏《如东新媒体》10月28日报道“连续阴雨致稻谷尚未收割就已发芽”。

奈何桥下

——有感于王宝强婚变

其一

忘川河水深又险，万水千山不惮艰。
费力苦修为得道，奈何桥下共往还。

其二

忘川河水缘槎险，万隘千山寸步艰。
费力苦修无妙果，奈何桥下几人还？

儿孙归来心更苦

盼星盼月盼儿孙，泪眼望穿欲断魂。
年底归来心更苦，依然孤独度晨昏。

青玉案·一帘幽梦

——有感于琼瑶脸书交代身后事

上苍恩宠红尘路，脸书约，从容处。物外青霄花作喻，生时如火，燃烧今古，似雪飘然去。

瑶岑跨鹤初非悟，彩凤祥鸾擅芳步。问卜求神心不许，一帘幽梦，深深庭院，水月依依聚。

各领风骚数十年

俊凯英朗肉自鲜，国强伏枥早登巅。
江山代有才人出，各领风骚数十年。

【附注】我喜欢唐国强的历练，我也喜欢王俊凯的才貌。

我立在雨地上

黑雨凄凄青雨雯，暖黄光晕寂无闻。
心知湿冷悠然去，共伞戚戚入紫氛。

【附注】丁酉岁末，纪念余光中先生仙逝。

附：余光中先生《伞盟》

如果夜是一场青雨淋淋
幸而我还有一盏台灯
一把精致的小雨伞
撑开一盖暖黄的光晕
如果死亡是一场黑雨凄凄
幸而我还有一段爱情
一把古典的小雨伞
撑开一圈柔红的气氛
雨无论是用什么做成
用绯色的氛围或橙色的光晕
愿你与我做共伞的人
伴我涉过湿冷的雨地
如果夜是青雨淋淋

如果死亡是黑雨凄凄
如果我立在雨地上
等你撑伞来迎接
等你……

女儿是父亲的精神寄托（七绝二首）

其一

脚踩三轮不畏难，常年露宿向风餐。
穿街走巷图生计，爱女潜心独自欢。

其二

一出校门就是家，轻依横板夕阳斜。
书包靓丽真抢眼，好学争先对客夸。

祝贺 2016 头条号创作者大会召开

群雄汇聚浩无津，荆玉灵珠话视频。
信息人文云外接，自媒突进出风尘。

新马路天使（七绝藏头诗）

赞化云烟对碧穹，交疏柳绿送霞风。
巡寒拂暑知三昧，警鼓无声胆气雄。

祝贺《文韵未央》微信公众号创刊一周年

文缘虹霓味通神，韵响寒空倚太真。
未语心知留待月，央天阔地渺无尘。

【附注】《文韵未央》微信平台是淮阴师范学院文学院2016级在校学生赵婷婷等创办，全国高校一批在校生共同维护，居然一路走来，影响全国。我见证了它的成长与发展，作“藏头诗”以贺。

祝贺天宫二号成功发射

中秋竟遇“莫兰蒂”，素月无形兴致移。
一夜升空弥缺憾，百年筑梦可深期。
天宫呼啸相辉映，宇宙纵横共结缡。
千里婵娟成往事，遨游月殿启鸿基。

雨洗霾消万里清

数日朦胧似雾都，亭台楼阁一时无。
阴晴圆缺知天定，夜雨飘零众壑殊。

戏嘲三八妇女节众诗称颂春花烂漫

佳丽欣逢三八节，网民赞贺似潮声。
皆言处处池塘绿，又听时时园柳鸣。
自古诗人催水暖，而今写手赏花惊。
今天仍在年初里，二月垂杨澹荡行。

【附注】三八妇女节，农历属孟春之末，正月三十。

平安考研考研平安（藏头诗二首）

【小序】12 月 24 日，有两件大事：全国研究生入学考试；圣诞平安夜狂欢。作七绝二首以贺其盛。

其一

平林漠漠碧梧枝，安石仁风岂可辞。
考鼓吹笙如拉朽，研冰吮墨寸心知。

其二

考礼谭经入紫烟，研精切理在林泉。
平冈落日孤帆尽，安得梅开慕昔贤。

【附注】南通大学新闻网转载此诗。

致高考学子

一年一度跳龙门，水复山重出远村。
自古英贤矜物外，应知画里别乾坤。

祝福千万考生

千万轻轻折取来，南风丽日上层台。
文殊指拨一枝秀，拔萃超群不可追。

【附注】2019 年参加高考人数为 1031 万。

父亲节偶逢中考日

洋节偶逢送考时，深深父爱挹清滋。
无痕无迹无声处，自有清风明月知。

《江海诗词》栏目名称吟

——纪念江苏省诗词协会成立30周年暨《江海诗词》出版100期（七绝三首）

其一

“大雅方家”集众英，“春华烂漫”九天鸣。
“江山览胜”诗难敌，“唐宋元音”万古情。

其二

“江海潮声”伴我行，“深情雅韵”自天成。
“青山不老”斜阳树，“辞赋新编”享美名。

其三

“曲海新澜”浪自惊，“诗教园地”小银筝。
“楹联”“诗苑”谋天契，“逸响遗音”水一程。

菜场磨刀人（七绝二首）

【小序】早上去菜场，再次遇到磨刀老人，落落大方，技术娴熟，由“磨石”而“磨砖”，由刚及柔，程序分明，有条不紊。侃侃而谈，信马由缰，不经意之间，两把刀已经磨好，锋利耐用。特赋诗以志之。

其一

马扎朦胧水渍深，沙沙磨石滤泥霖。
刀锋再试磨砖慢，锈钝无妨可断金。

其二

纹如刀刻眉如月，齿白鼻高帽落前。
霍霍来回多顿挫，轻声侃侃柳飞烟。

时间是一朵玫瑰——有感于情人节（新诗）

时间是一朵玫瑰，
当然在空间绽放。
真正的玫瑰是瞬间的美丽，
在极其有限的空间绽放。
玫瑰在时光中匆匆走过，
刹那间留下了永恒。
玫瑰与蔷薇嫁接，获得了持久，
失去了惊艳。
人的本质是属于时间。
选择如何安排时间，
就是选择了如何安排生命。
时间可以磨平一切，
包括生老病死、喜怒哀乐。
时间是一把筛子，
总是筛掉邪恶污秽的，
留下最美好的记忆。
时间是一面镜子：

一个人身边有什么样的人，
就会有什么样的世界。
正如南宋古琴演奏家郭楚望所说：
水流任急境常静，花落虽频意自闲。

弱弱的父亲节

疯狂购物热年中，（京东购物节）
直播通宵眩万瞳。（俄罗斯世界杯）
寂寞篱边清影伴，（17 日父亲节）
粽香忆屈动天崇。（18 日端午节）

梅西与 C 罗

月儿弯弯照九州，几家欢乐几家愁。
梅西失足球迷恨，众口一词赞 C 罗。

六年影响一生

雁归荷敛碧云天，秋月春风谁在先。
知识技能多历练，小桥流水逐歌弦。

银狐惊现武汉大学

千年修道返人间，出入珞珈一笑嫣。
颜值奇高齐浩叹，倾城倾国起风烟。

乡情

——走访40年前的学生景宝明家

第一章

一条不算太窄的小路，
直指远方；
左边是一块仿佛自然分割的菜地，
深绿的菜，干枯的草，没有一点人为的印记；
那魁伟多槎的银杏树，
显得风骨苍劲；
枯藤枯瓜错落高悬，
留下了夏秋季节强劲缠绕、不断攀升的痕迹。
右边则是蒹葭苍苍，芦花飞舞，
天外的蓝天白云，显得格外高远、亲切。

第二章

岁月的风霜，
洗净了小院的上上下下；
考究、方整的瓦房，
反射出低调而又明丽的亚光；
东家拴住一只小狗，
傻傻的，反复叫嚣，不依不饶，吆喝不住；
西家飞出一只大狗，
体毛柔润，气质高贵，
过于热情，扑上来问候，会吓你一跳；
通透的竹棚里，
三只鸭、一只鸡，悠闲逍遥，唯我独尊。

第三章

门虽设而常开，
空气里洋溢着土壤与谷物渲染出的气息；
一袋袋堆积的粮食，
掩饰不住主人的丰盈与自在；
手摇的井把，苍苔包装的水池，
清洌透香的水花，就差外婆的歌谣；
竹席上的胡萝卜，大小不一，姿态各异，
就像化了淡妆的演员，带了一点点华美；
青萝卜、红萝卜，圆润饱满，
口感甜美，无意间就超越了城里货架上的、忸怩作态的水果。

第四章

物产丰饶，品类繁多，
远远超过我的预期；
过于新鲜的山芋、略带憔悴的芋头，
无不炫耀出泥土那骄人的魅力；
水田的茨菇，旱地的大豆，
感觉不到猖獗难控的病虫害的袭击；
大白菜，饱经风霜，
一旦褪去外衣，风采依然；
黑白相间的糯米、寄予相思的红豆、颗粒肥重的芝麻，
到处是一种天生我材必有用的神情。
一眼就能看穿一切，
没有浮华，没有修饰，
但你一辈子体会不了它的魅力！
没有庭院深深深几许的幽深，
但有天然标格自风流的雅致。

一望无际的绿油油的小麦，
预示着农作物的轮回、季节的推移、生命的律动。

尾声

我
感恩土地，感恩时间，
感恩生命，感恩乡情。

农夫心事

开沟翻地座基肥，平整分垄湿布衣。
茧血铭心连彻骨，新苗绿艳衬芳菲。

致打工者

离乡背井走天涯，谋职谋生夜忆家。
拼命赚钱心有托，回家路上一声嗟。

售房奇观

大道蜿蜒接远方，鲜红广告映穹苍。
阿姨岳母差多少？改口只需一套房。

宜兴山中感怀

不觉山中方一日，曾惊世上已千年。
春秋过眼连新竹，一切含灵梦里缘。

中国古代文明讲授感怀

遗迹幽幽细考详，五千历程溯炎黄。
青铜石器从容辨，玉笛黄尘是帝乡。

十二
学校写真

郑州大学赞

【小序】乙未冬日，应邀赴郑州大学参加本科教学评估，深感三强合并之后的郑州大学，正处于跨越转型的重要阶段。眉湖、元鼎，为新校区标志性景点。慎思、笃信，为“校风”之词。

黄河浩荡润王田，商都微茫岁月迁。
崛起中原承使命，植根华夏谱新篇。
眉湖合璧皆人杰，元鼎联珠奏管弦。
逐鹿神州谋大业，慎思笃信赏心天。

浙江工业大学评估即景

【小序】乙未冬月，余参评浙江工业大学。工大坐落于水光山色之天堂杭州上塘佳丽之地。单孔拱桥之下，运河支流分襟而入，使朝晖校区怀抱世界文化遗产；屏峰校区位于小河山侧，清溪环绕，黄叶翻飞，满地成金。而之江校区，神思渺渺，水韵弦歌，天接水连，融为一体。

霜风凛冽过园林，杏叶飘零满地金。
单孔古桥如旭日，两条碧水似开襟。

河山暮霭虽云小，草树斜阳任雨侵。
自古上塘歌舞地，朝晖瑞月接江浔。

浴火重生（七绝藏头诗）

中庭叶茂百枝匀，国貌天香九畹新。
矿炼成金裁五色，大年小智似通神。

苏州科技大学讲学感怀两首（七绝藏头诗）

仰望东坡

苏文如海越千年，州渚芳兰破晓烟。
科第联珠三杰出，大千独步慕高贤。

春入姑苏

寒雨连江夜入吴，山亭水榭入春图。
诗怀浩渺神思远，社树烟村不待沽。

江苏师范大学讲学抒怀

江河相接贯西东，苏轼黄楼对昊穹。
师诵弟随虚夜席，大音激越拔山雄。

江苏大学感怀

江水西来接树青，苏堤迤逦聚奎星。
大贤迭出须惊俗，学海雕龙抱朴馨。

连云港师专调研感怀

创自八师历百年，连天瑞霭蕴林泉，
云蒸霞蔚承薪火，港染韶仪续管弦。
师表身名当九炼，范容世味待双研。
学成理达东风度，院静春深快着鞭。

徐州医药高等职业学校调研感怀

徐吟急管韵参差，州北州南骏马驰。
药鼎茶瓯传秘诀，专精博览蕙兰滋。

宿迁高等师范学校升格调研有感

四九霜寒到宿迁，师魂炼铸续歌弦。
登堂入室修良愿，夜月梅窗斗雪妍。

再访江南大学

江畔蠡湖雁影寒，南轩夜雨卷惊澜。
大椿翠柳九龙起，学府重开毓蕙兰。

“最苏州”的小学

【小序】苏州市山塘中心小学，重建于陕西会馆旧址，紧邻山塘街，依傍山塘河，秀慧柔和，智巧素雅。学校两个特色实实在在如火如荼：京剧进校园、书法进课堂。作七绝一首（平起平收首句入韵式）。

山塘河水绕街流，会馆风云日月浮。
书法登堂缘底事，佩瑜京剧鼓声遒。

【附注】佩瑜，王佩瑜，著名京剧演员，该校校友，指导“佩瑜京剧社团”。

这所小学出了九个状元？

【小序】“大雪”将临之日，考察苏州平江实验学校。校内保留了长洲县学的大成殿［建于明代嘉靖二十年（1541），重建于光绪八年（1882）］，18棵银杏历经沧桑，黄叶纷纷。长洲县学建于南宋咸淳元年（1265），曾经出了九个状元（文震孟、陆肯堂、钱棨、徐元文、陈初哲、韩菼、吴廷琛、彭定求、陆润庠），书画巨擘文徵明，可圈可点。作七律以感。

平江渺渺云无迹，落日年年小院深。
银杏依依传县学，大成脉脉毓人心。
文光璨璨廷魁出，德润容容巨擘临。
薪火悠悠声韵远，秋风袅袅暮山吟。

【附注】廷魁：状元。

太仓新区二小见闻（七绝二首）

其一　校训：怀远博见

校门校训仰高风，唯有眼前大不同。
怀远方能图博见，隽言烛照忆王充。

【附注】太仓新区二小校训不流于俗套，源自王充《论衡·别论》：德不优者，不能怀远；才不大者，不能博见。

其二　服务：面向全国

中国地图别样红，务工子女乐其中。
百川归海思源节，小吃飘香一日同。

【附注】太仓新区二小接纳全国24个省市区的务工子女入学，为了帮助孩子了解家乡，每年举办百川节，邀请家长分省设摊，制作小吃，与各地子女分享。

常州花园小学迎夏仪式观后

麦黄日暖到常州，汉服仁风乐创楼。
斗蛋吟哦包粽子，钟馗护佑赛龙舟。

苏州幼师升专考察有感

【小序】苏州幼师，是江苏教育的一个品牌，从虎丘塔下至阳澄湖畔，四十年培养幼教师资近万人。1996年，我作为“省语言文字工作检查一日行”专家组组长对苏州幼师做过检查，美丽的校园、优雅的校长（鲍氏）、浓厚的学风，给我留下极其深刻的印象。今日重游，旧痕新景，典型江南情韵。市政府投入8.5亿元，建成充满苏州园林风格的校园，令人神往！ 融道，为该校校训，颇为古雅，又合今理。乃思晚年寓居苏州的国学大师俞樾“通经致用”之倡，赋诗一首，祝愿“苏州幼师”，去一字：筹；加一字：专，跨出一步，成为“苏州幼师专”；进而承上启下，更上一层楼。

风轻雨过烟云近，枫叶深红曲水流。
塔影松声吟胜迹，湖光柳韵布新筹。
通经四十成精品，融道九千话绿洲。
薪火传承谋跨越，回廊画院写春秋。

草桥中学三咏（七绝三首）

其一

迅雨连江夜入吴，百年书院说姑苏。
草桥沧浪依然在，红叶青山共此途。

其二

草色烟光转夕晖，桥虹影聚竞芳菲。
中庭夜露双蝉去，学富心修众望归。

其三

个性飞扬醉玉醪，敬生如友近诗骚。
虹收雨霁草桥在，征路遥遥慕圣陶。

【附记】苏州市草桥中学，历史悠久，积淀深厚，发端于1805年开办的苏州正谊书院，正式创办于1907年。初创时校名为公立苏州第一中学堂，因校门口有草桥一座，国学大师金松岑在此创办草桥学舍，遂以草桥中学蜚声海内外。“个性飞扬”是草桥中学办学特色；“敬生如友”是草桥教师的十大习惯之一；叶圣陶，与顾颉刚、王伯祥等文化名人，都是该校的第一届学生。

张家港市崇真中学雅赏

【小序】乙未冬日，寒潮遽临，降至零下。余督学张家港市，考察该市最美校园——崇真中学，果然名不虚传，境界独开。钟楼，即是历史元素，又是校友分届名录图片，有空灵厚重之感。

水光潋滟晴方好，白鹅嬉游不待春。
柳拂钟楼留往迹，天高意远赞崇真。

张家港南沙中学有感

【小序】乙未冬，奉命督学张家港市，到南沙中学短暂考察。学校有两个特色，一是因为刘半农三兄弟（旧居纪念馆在无锡，祖居在张家港市南沙镇三甲里）的影响，文学社《映日荷》已出至183期；二是为举重著名基地，出了奥运举重冠军。

刘家兄弟出南沙，映日荷开三甲家。
举重崇文皆极致，追怀往事共咨嗟。

六月送别

【小序】今天到丹阳市吕叔湘中学讲座，怀念吕叔湘先生。

洒落情怀似往时，风荷应念去还思。
贤行颜叔琴瑟远，烟树潇湘帝子辞。

常熟理工学院审核评估感怀

榴花绿艳曲桥连，柳拂鸟鸣接九天。
弘道德高涵百代，敏行身正养千年。
转型升格亲业界，审核迎评映彩笺。
献计昆承观胜迹，多科并举愿执鞭。

【附注】弘道、敏行，乃校内两栋教学楼名；德高、身正，师范之极致；昆承，学校东临秀丽的昆承湖。

宿迁师范感赋

宿雨疏云绿已回，迁莺语软待惊雷。
师襄击磬杨林茂，范史飞霞入梦来。

与常熟理工学院青年教师共勉

常思遍览古今书，熟视天机卧草庐。
理棹疏泉浑欲辩，工文善武择湖居。

如师附小三首（七绝藏头诗）

其一　秋色版

如莹如洗晚来风，师坐东南道自崇。
附掌长吟歌数阕，小窗古树接云穹。

其二　校本版

如珪如璧大成殿，师悦杏坛泮水间。
附理怡情酣畅日，小弦大吕尽开颜。

其三　大成版

如洗身心因宝月，师缘秘法逐云飞。
附冥欲举凌霄汉，小乘浮烟大乘霏。

【后记】如皋师范学校附属小学，作为一所百年名校，有一个令人惊叹的独特之处：作为如皋文庙建筑群中唯一幸存的大型古建筑——大成殿，赫然坐落于校园正门之内，两颗高大的银杏树分列左右，门前泮池水淙淙流过，历经470多年的沧桑巨变，显得格外厚重、庄严。

学校以大成殿为基础，倡导大成教育，建构大成理论、大成德育、大成课程、大成阅读、大成教师、大成学子、大成联盟，形成了“主题整合，走向大成”的教育风格。特作藏头诗三首，以志其盛。

如皋第一中专办学有感

其一 七律

第一中专第一盟，风云际会听潮生。
帆飞日暮风涛润，雨落三更月色萦。
可武可文杨柳绿，谋人谋事马蹄轻。
秋兰夏蕙南窗下，璀璨金桥处处横。

其二 七绝

崇德尚能七彩妍，授渔授业在心专。
长江两岸潇潇去，务实求优万马先。

【附注】该校校训为“崇德尚能”；特色为“七彩德育”；学校精神为“务实求优，敢为人先”。

洋思中学名动天下（七律藏头诗）

洋红艳丽入千家，思邈根深促笋芽。
模度芳心听鹦鹉，式遵慧眼唤琵琶。
名连月色随朝露，动悟钟声映晚霞。
天渚水明新雨霁，下江烟远品香茶。

浪淘沙·再访洋思中学

——江苏省人民教育家培养工程第三期文科组 2017 第三次研修活动感怀

江阔夜微茫，共话衷肠。洋思切磋绕雕梁。一路前行谁与共，凤舞龙骧。

随梦入池塘，暗度流光。霜风雪月费思量。眼界豁然惊起日，活色生香。

丁酉仲冬访郑州航空管理学院

其一

杏叶翻飞菊蕊黄，梧桐疏影夜微凉。
雄鹰浩气依然在，月季吟梅大道康。

其二

梧桐叶落映红墙，昔日鲲鹏卧莽苍。
立足航空求发展，亦工亦管谱华章。

其三

郑舞齐容奏九歌，州风对影倚黄河。
航深梦远扶摇上，院静香回耐淬磨。

丁酉岁末访南通理工学院

南薰洗尽落梅初，通古贯今黄卷疏。
理润义微如暾日，工文善武渐无书。

合肥师范学院三校区感怀

树暖思深三孝口，霜飞锦绣菊初黄。
行知引领千舟发，梦入滨湖日月长。

【附注】三孝口校区是坚守师范的回眸，是乡愁；锦绣校区是改建转型的平台，是驿站；滨湖校区是跨越腾飞的向往，是未来。

丁酉初冬访合肥师范学院

木落山高到合肥，巢湖水碧暮鸿飞。
行知师表传承地，神往心驰澹忘归。

临沂大学

其一

临风一诵寄秋思，沂水沂山露晓姿。
大道无名齐万物，学宫玉管起参差。

其二

玉树临风万壑开，蒙山沂水几萦回。
琅琊大地谁知我，学剑学书万木栽。

家乡有了一所大学：怀德学院

【小序】家乡靖江市，襟江近海，原为江中沙洲，原称马洲。南宋时孔子51世孙孔元虔在靖江创建马洲书院。靖江明清时属常州府，为“中吴要辅，八邑名都”之一。所以，常州大学怀德学院迁至靖江市，可谓渊源有自，水到渠成。靖江市市花为兰花，市树为香橼。

怀仁抱义念元虔，德泽马洲八邑连。
学古通今兰渚润，院梅傲雪伴香橼。

【附注】丙申岁末，应邀到怀德学院专业检查。作藏头七绝一首，以纪其事。

海门市育才小学赋

黄海卷雪涛，潮来潮往，滩平泥积渐成陆；大江流日夜，沙聚沙走，岸断堤崩变桑田。海国自有门，后周史册留胜迹；江水摇空绿，乾隆复建续旧篇。

山邈邈本无山，历经二百年，古镇茅家今何在？绿水青青总是水，跨越一千载，沙地东洲换新颜。昨日之育才，钟灵毓秀，狮山八景居其首，“师山远眺”远可及；今日之育才，人杰地灵，东洲公园居其南，“松林挹翠”挹墨泉。

岁月推移，初心永笺。百年基业，远接师山，筚路蓝缕，可圈可点；复校大同，归址红旗，一路风雨，几经变迁。欣逢千禧，定名育才，弹指又是十八年；呵护童心，特色彰显，书法排球已争先。

校园依旧，大道新编。

绿色教育，全新理念；顶层设计，生命共延。日新日进，活力无限；生机生动，日月婵娟。

好学习，爱运动，明个性，立德树人如化雨；能自律，懂尊重，有爱心，一柱擎天同壮观。生本、生长、生机，渐入佳境，课堂打造成系列；生活、生成、生态，环环相扣，长虹贯地满晴川。

树人先树己，立德亦立业。敬畏而悦纳，激活磨炼，愿将熏风送管弦；博识而专攻，素业精修，挥毫落纸如云烟；协同而精进，向上而生，壶中笙歌别有天。

星湖，我的图腾

——为南通开发区实小集团星湖校区启用仪式而作

第一章

滔滔长江，
潮起潮落，
一路奔流一路风。
经过万里跋涉，
左顾右盼，
从容舒缓到江东。
而黄海渔歌的粗狂，
咸味十足的海浪，
历经日落日出，
海上生明月，
天涯就在眼前。
江风海韵，
咸淡人生，
塑造了水文化的厚重与灵动。
河网交叉，
到处是河，
到处有桥，
水路贯通。
一条河，一道湾，
一岔港，一道沟，
一座桥，一道坝，
总是有一些难忘美妙的名字，
流淌在文化长河之中。

在开发区的北侧，就有这样一条极不起眼的小河；
不过是河网交叉的一道沟，
不过是万里星空的一个点，
一泓河水，
鱼虾潜游，
春来生春草，
夏至荷田田，
秋来变鸣禽，
冬至雪满甸。
波平如镜，
星汉其中，
于是，就有了一个难忘的名字：
星湖。

第二章

星湖，
不仅是一个地名，
不仅是一道水名，
她是一个区域的记忆，
她是一段生活的记忆，
她是一部文化的记忆，
星湖，
已经成为一道亮丽风景线，
已经成为文化地标的符号，
已经成为继往开来的载体。
从星湖大道，
从星湖社区，
从星湖 101，

汇聚到今日的实小集团，
汇聚到今日的星湖小学，
是旧瓶新酒，
是老歌新唱，
是涅槃再生，
是彩虹再现，
从此，
星湖，
有了真正的归宿，
星湖，
有了伟岸的地标，
星湖，
有了掩映的平台，
星湖，
有了仰视的高峰。
从此，
星湖，
不只是一个记忆，而是我的骄傲，
我的图腾。

第三章

人事有代谢，
往来成古今。
斗转星移，
春秋代序。
星湖小学，
应时而生。
亦星亦湖，

星光灿烂，
湖水悠悠；
或星或湖，
繁星满天，
湖影沉璧。
星湖，
既是理念，
又是航标；
星湖，
既是天地，
又是精神。
星湖，
是天眼，
时开天眼知广漠，
日落水云见浩然。
星湖，
是童心，
童心欲竞轻波渡，
壮志还堪风雨归。
于是我们提倡：
养灿烂之精神，
正所谓：
养气何妨称孟子，
修身务必读春秋。
精神灿烂性情适，
意象芬芳岁月遒。
我们要求教师：
赋能而发光，

有道是：
老树发光临远岸，
轻舟摇曳入青江。
赋能春韵黄鹂语，
吟得秋声白鹭庞。

第四章

漫步星光大道，
融合率真，
臻于至善；
徜徉星河长廊，
只有擦亮自己，
才能照亮远方。
我们仰望星空，
神思飞扬，
致远自知行路难；
我们俯视星河，
穿越时空，
莫问花开花落时。
十步之泽，
必有香草。
外倚生态公园，
内绘星湖云墙。
日月出矣，
而爝火不息。
有律为证：
星灿云深天地阔，
月澄柳淡古今同。

星波浩渺青枫暖，
桂影苍茫海岳崇。
星汉迢迢华盖远，
狼山隐隐杏花红。
星津万里惊飞燕，
雪岸千秋唤牧童。

【附注】

南通开发区实小集团精神：融合率真，臻于至善

星湖办学理念：做学生成长路上的“天眼”

星湖办学宗旨：为师生架设一条共同前行的星光大道

星湖校训：养灿烂精神

星湖师训：做富有能量的人

星湖学训：擦亮自己

星灿、星波、星汉、星津，星湖校区楼名

通海中学（七绝藏头诗）

——祝贺通海中学办学六十周年

通今通古立微茫，海月山云味最长。
中道相呼分曙色，学絮轻飘总无疆。

十三
雪泥飞鸿

白云机场感怀

白云深处赏白云，南国依然暖气熏。
吹面不寒思杜若，晓来瑞霭袭氤氲。

雁门放歌（藏头诗）

大漠风高石窟峨，同舟载月唱黄河。
教人树木沉吟久，育德桑干振玉柯。

【附注】有一个地方：西界黄河，北控大漠；既有云冈石窟，又有桑干河淌。

丹阳

暮春风暖到云阳，大麦青青未灌浆。
季子仁心源慕义，许浑丽逸照横塘。
封缸美味行天下，镜片精工动五洋。
汉语楚辞皆可数，诗文切磋有同行。

【附注】丹阳历史悠久，古称云阳；大麦粥，是丹阳人的最爱；封缸酒，丹阳名酒名满天下；延陵季子庙、万善塔，令人神往。丹阳名人辈出，《唐诗三百首》收有丹阳诗人如许浑、皇甫冉等，李白、杜甫都有丹阳诗作。汉语有吕叔湘，楚辞有洪兴祖，教育有马相伯、匡亚明。目前影响最大的是眼镜产业，占全球二分之一。

丹阳历史名人很多，储光羲，唐代著名诗人，《唐诗三百首》选入其诗。金坛、丹阳，两地均称本地历史文化名人。金坛毗邻丹阳，居丹阳之南，可以共享。所以我在《金坛纪行》写：斜风吹雨桂香侵，维克光羲解梦吟。所以这首写丹阳的诗，我写另一位唐代诗人许浑。

雪后新沂纪行

朔雪寒云绕树过，冰封满路到沂河。
郯城北顾丘陵秀，骆马南回白练罗。
都市三春倾美酿，乡村四季闪金波。
山明石裂花开处，水静风移听棹歌。

【附注】徐州新沂市，位于鲁南丘陵至苏北平原的过渡带，北起马陵山、山东郯城，南对骆马湖、宿迁，沭河、沂河贯穿南北，山清水秀，生态优美。

新沂感怀（藏头诗）

心随骆马棹西东，旷度马陵气象雄。
神接圣贤居上座，怡颜自得暖光融。

【附注】新沂市街头标语：来到新沂　心旷神怡。

深秋金坛纪行

【小序】秋雨飘飞之日，受命赴常州市金坛区考察教师发展中心，中心以“和合”文化凝聚融合，以“名师工作室”示范辐射，卓有成效，亮点纷呈。金坛为著名江南水乡，乃储光羲、段玉裁、王维克（居里夫人弟子、《神曲》译者、华罗庚老师）等名人的故乡，荡月苇花，未尝不想见其为人。

斜风吹雨桂香侵，维克光羲解梦吟。
黄叶红菱迷荡月，青莲紫菊锁流金。
名师示范垂乡镇，学棣追风掩绿荫。
和合湛然成底事，灵珠自握得初心。

阜宁映像

曾临大海变桑田，灌溉总渠桂影延。
吴楚云帆南北异，江淮乐地古今传。
教科并举开新路，研训同行效执鞭。
物阜民宁源厚德，绿色生态共谋先。

亭湖教师发展中心（藏头诗）

亭畔蒹葭露气香，湖堤紫菊送微凉。
教知天下风云手，师悟乾坤日月长。
发轫春歌飞翠柳，展诗会舞渡横塘。
中庭树蕙梨花雨，心苑滋兰震万方。

泗洪纪行

其一

风雨兼程访泗州，断云依水晚来收。
倾心切磋如金石，出没烟波天地鸥。

其二

霜雕红叶共秋分，骤雨时停路卷纹。
研讨观摩诚有得，一心同体几回闻。

虞山兴福寺蕈油面三咏

其一

十里青山半入城，白茶黄蕈感时生。
南朝古寺疏钟远，面馆连绵老树横。

其二

四月和风到碧城，松林起伏蕈芽生。
加盐洗涤素油爆，扑鼻清香椿叶横。

其三

绿树参天绕古城，清泉缓缓晨烟生。
人流汇聚心神爽，山势初斜桌凳横。

连岛五咏

其一

连岛初晴寺院深，云台半绿碧峰临。
港清杏秀摩崖永，市列珠玑韵玉琴。

其二

淮水北流入浦深，海光天影月华临。
大钧载运疏星渡，学道修心拂舜琴。

其三

涤砚濡毫万木深，修筠出屋九阳临。
廷风吸露池荷雨，亮澈思凝抚素琴。

其四

新笋横空霁月深，海鹏俯瞰瑞星临。
高轩碧渚书声远，中苑疏篱绿绮琴。

其五

明翼轻翔岩壑深，忠犀独步朔风临。
恒随慧眼千回转，民醉庭花露滴琴。

连云港经济开发区督导感怀

藤花寥落水萦回，少昊烟云自可追。
海国新城仍重教，潮头再起育人才。

赣榆区教育督导考核兼赠建国局长

夹谷葱茏留圣迹，海天浩渺佑君房。
左山右海平原绿，鲁月齐风吴楚扬。
意气丰盈凌碧落，襟怀热烈问穹苍。
宅心仁厚知谁是，海韵山魂驿路长。

【附注】

1.《左传》记载齐鲁会盟夹谷，孔子当时为大司寇，赣榆有遗迹，历代诗人往往咏叹之。

2.秦始皇时代方士徐福，字君房，赣榆琅琊人，出海采药，一去不返。后来传说徐福到了日本，至今有日本人来赣榆寻根。

3.赣榆区教育局局长陆建国一番关于应试教育的讲话，曾经走红网络，受到很多官员、学者的批评。我对他的人生履历、教育思想做了一些了解，觉得他是有理想有情怀有温度敢干事能落地的干部，值得肯定，同时也与他探讨了基础教育的认识与表述。他的思考与务实，令人感动。

名师梯队专业活动鞠九兵专场有感

柿子金黄丹桂香，石榴厚重地瓜藏。
殷勤扁豆逍遥起，缱绻香橼婉约妆。
雉水修持增智性，名师导航渡良方。
葱茏梯队纵横日，画鼓催来乐未央。

新北教师发展中心考察感赋

溯本追源话藻江，群楼掩映雁飞双。
春风桃李花开日，月转梧桐照梦窗。

六合教育考察感怀两首

其一　七绝

雨花奇石早横空，茉莉芬芳染古枫。
引导点燃图发展，圣人不议气如虹。

【附注】南京市六合区是“天赐国宝、中华一绝”雨花石的故乡，中国民歌《茉莉花》的发源地。引导：六合区教育局领导要求教师做学生的引导者、研究者、合作者；点燃：区教师发展中心的核心价值是“点燃教师、成就教师、幸福教师”。《庄子·齐物论》云：六合之外，圣人存而不论；六合之内，圣人论而不议。

其二　卜算子

江北雨花奇，茉莉花开处。论道滁河两岸闻，结对同舟渡。
箫鼓共弦歌，做事心专注。一枕龙池意浩然，识得无穷趣。

【附注】滁河：从六合穿城而过，有六合母亲河之称。结对：六合区结对玄武区，从事教科研训活动，效果显著。六合教师发展中心工作信条：“用专注的心，做专业的事”，值得赞赏。

淮安三咏

其一　乙未教师节考察淮安大学筹建

九月飞霜楚俗延，熏风带露对秋莲。
南船北马容天下，漕运淮盐到日边。
重教崇文传老区，珠联璧合入凌烟。
资源优化五湖秀，层楼更上喜梦圆。

其二　丙申立秋论证品牌专业建设

酷暑消融桂影连，秋声渐起北池莲。
龙潜豹隐寒鸦外，云淡鸿归冷月边。
淮水承恩书大圣，京杭韩信袅残烟。
品牌重建文章润，总理有知梦自圆。

其三　丙申秋末淮安小教专业认证感怀

凄凄夜雨远山横，云淡天高碧宇清。
四校融通遵旧训，三方共建结新盟。
从容挥洒同仁叹，自在引吭四座惊。
探析达成齐汇聚，但随认证展鹏程。

乙未岁末扬中教师发展中心考察有感

云淡风轻丽日歆，潮平苇落接江浔。
五桥对峙宽天地，一水分流动古今。
物阜民丰成示范，师尊徒勉作鸣琴。
明珠积润知融合，浮玉含津学楚吟。

【附注】元月13日下午从泰州过大桥进入扬中市，正好雨过天晴，风轻云淡。扬中市，位于扬子江中，四面环江，有长江明珠之称；其形状像玉如意浮于江中，故有“浮玉”美名。积润含津，则暗用镇江唐宋时期古称润州及著名景点西津渡也。

海陵教师发展中心考察感怀

暮雨潇潇入海陵，平明瑞雪碧空凝。
汉唐古郡崇文教，淮左名区蕴大鹏。
校本研修皆有得，双名培训共传承。
添花锦上如天籁，雾散云开旭日升。

【附注】乙未岁末从南京赴泰州主城区海陵区，正是风雨潇潇，而第二天上午，则北风大作，瑞雪纷飞，万里无云，故首二句用其意。蕴大鹏，暗指此地出过著名领袖人物。校本研修、双名培训，是中心可称道者。末联呼应首联，同时指专家组意见为“暂缓通过，限期整改”，故以前景可待鼓励之。

赴宿迁三区县督导感怀

万亩杨林耸路旁，千年河水越城乡。
双湖润泽钟灵秀，圣地葱茏出霸王。
教育均衡多胜绩，校园联动沐朝阳。
层层迎检全参与，他日腾飞任我翔。

【附注】圣地：据宿迁市政府网站介绍，宿迁是世界生物进化中心之一，也是人类起源中心之一，被誉为地球上的“生命圣地”。

如师附小听课有感

母亲节里倍思亲，吟诵蓼莪更伤神。
慈母情深催热泪，春风化雨四时仁。

诗润童心

菜籽丰盈麦穗黄，云高树伟绿池塘。
诗心独有相知晚，渺渺所思寄远方。

【附注】在如皋市高新区实验小学研讨诗词教学。

南通大学喀什大学联合培养教育硕士论文答辩

喀什南通万里遥，融媒飞越倚天桥。
通庭学子程门雪，陶铸秕糠考舜尧。

何景明墓怀古

粲粲黄花随地生，苍苍老树满山行。
蜿蜒大复云龙舞，迢递浉河鹈鸠惊。
石马石羊相拱卫，清风清露两逢迎。
欣闻筑墓昭来者，夕照残红吊景明。

【附注】何景明墓，坐落于信阳师范学院校内大复山麓，这里是何景明家历史上的住址，他永恒的归宿。也是冥冥之中注定了信阳师范学院作家群的崛起与延续。

品味半亩塘两首

其一

四月风熏到信阳，贤山北麓浉河旁。
涵英琢玉存高远，大别长淮拥画堂。

其二

迤逦曲桥半亩塘，星辰日月共徜徉。
品山品水书香溢，薪火相传向远方。

【附注】半亩塘，是信阳师范学院校内最美景点之一。

德州学院（藏头诗）

德泽阳和接帝京，州南州北瑞华盈。
学琴学剑风云起，院静莺啼海内名。

苏幕遮·次韵范仲淹词三首以贺苏州景范中学八十校庆

其一

范庄前，形胜地，文脉千年，老树横空翠。古殿东山临曲水，沐浴遗风，歌发烟霏外。

旧亭台，无限思，景范悠悠，鸟语星辰睡。义学绵延隆盛世，闻道槐庭，又洒千行泪。

其二

醴泉书，嗟失祜，划粥瓢思，却念苍生苦。州县驱驰无不举，数万雄兵，鼓角云间戍。

系民心，经世务，为将为相，忧乐知何处。伟节忠言人共睹，勇略奇谋，仿佛灵芝路。

其三

守清贫，怀列祖，千亩良田，赡养仁心聚。宅畔秧苗经雨露，书院流延，文正垂芳曙。

柳窗烟，深院宇，义学千年，八十燃红炬。足迹追寻观画旅，秉德龙图，教改因时举。

【附注】景范中学，坐落在北宋名相范仲淹祖宅旧址之上。

附：范仲淹《苏幕遮》

碧云天，黄叶地，秋色连波，波上寒烟翠。山映斜阳天接水，芳草无情，更在斜阳外。

黯乡魂，追旅思，夜夜除非，好梦留人睡。明月楼高休独倚，酒入愁肠，化作相思泪。

赣榆教育（藏头诗）

赣水沉潜去复来，榆山浩渺绿荫回。
教尝滋味知甘苦，育读诗书百遍开。

鹧鸪天·戊戌初冬访问南京市长江路小学感赋

回首类思八十年，致和红斌续歌弦。长江路上兰亭意，几度涅槃不胜妍。

桐叶茂，柳丝绵。王兰雅韵涌清泉。卫东引领扶摇上，品格内修大道延。

初冬即景

——访南京市长江路小学（七绝二首）

其一

坐落繁华格自高，桐枝耸拔俯江涛。
依稀莫辨前朝事，谁与鸿蒙共胜遨。

其二

菊艳桐疏柳叶稠，兰亭再现水轻流。
致和求索融江露，尺幅千里意气遒。

热烈祝贺如师附小大成小秀诗社暨南通大学曙汛诗社分社揭牌仪式

其一　大成小秀

大德悠悠接大行，成桥渺渺八鸾鸣。
小园幽槛风枝动，秀叶题诗第一程。

其二　如师附小

如莹如洗晚来风，师坐东南道自崇。
附掌长吟歌数阕，小窗古树接云穹。

其三　如师附小

如珪如璧大成殿，师悦杏坛泮水间。
附理怡情酣畅日，小弦大吕尽开颜。

其四　如师附小

如洗身心因宝月，师缘秘法逐云飞。
附冥欲举凌霄汉，小乘浮烟大乘霏。

其五　卜算子·次韵王观词兼咏如皋师范附属小学大成殿

水是泮池横，殿是云龙聚。巍巍大成气势雄，夫子鸣鸾处。
古树对青灯，乳燕双飞去。暮鼓晨钟起舞时，识得春风住。

江苏省海门实验学校讲授古代诗词阅读写作感赋

瑞雪轻飞到海门，梅苞待放动诗魂。
师徒携手同研探，亦啸亦吟古意存。

题赠刘桥中学《雏燕文学社》文集

其一　刘桥中学

江流九圩过刘桥，六角风筝送寂寥。
“美美”灵滋存秀气，书声唱晚德音昭。

其二　雏燕文学社

檐高瓦碧可依栖，总见南风醉寸泥。
乡韵乡情凝物语，江村烟树一何迷。

其三　文集

熟读深思子自知，观花雾里雁来迟。
从文秉笔求三昧，甘苦寸心露晓姿。

徐州讲学巧遇弟子郭威孟晓莲伉俪

云低雾重至徐州，弟子恭迎动泪眸。
二十春秋嗟契阔，临风把酒属歌喉。

张长松教育思想报告会感怀

纷纷细雨到苏州，顿挫抑扬见远谋。
乔木青苔皆有数，长松郁郁绝横流。

赴沪途中观东海落日

橙红古镜挂长空，花合叶柔道气冲。
水远心迷轻入梦，孤舟一片颂苍穹。

兰州拉面

半边翠绿半边红，几片白云似梦中。
毛细大宽任你选，透黄柔韧送春风。

告别兰州

枇杷已熟杏未黄，五月皋兰七叶香。
落照临风论屈子，数杯滋味咽离肠。

今日兰考

麦叶留青麦穗黄，连绵起伏溢清香。
几多鹊影添生意，一片绿荫绕瓦房。

国家教育行政学院讲学感怀

无边麦秀向黄村，洞古知今未有痕。
逸辔追尘鸥梦远，贯珠击节妙难论。

兰州吟

南北两山逶迤出，东西一水蜿蜒来。
高楼吹笛星河转，远树依山鼓角回。
鬼斧神宫登剑阁，中山桥月下云台。
良朋久别何时会，论道谈禅酒一杯。

自京返通空中即景

点点云峰扑面来，千山万壑共徘徊。
依稀别梦瑶台晚，浩浩冥冥任你猜。

西藏民族大学师范专业论证调研有感

研磨锤炼聚咸阳，细雨敲窗润画堂。
心系藏区忧国事，轻蹄健步向封疆。

鹊桥仙·信阳咏怀

山临大别，河宗淮水，难辨豫风楚韵。鸡公山下眺南湾，自古是、中州古郡。

西通陇陕，东连八皖，北舞南歌我分。潜心浇灌出风尘，共切磋、浩然独奋。

德州纪行

雨细叶飞遍地黄，霜发栗烈涤边场。
麦青稻熟飘香远，柳老桐疏诗意长。

冬日即景：南通市新区学校

似黑还灰着色新，回廊错落喜环循。
阳光力透如春暖，夜雨梦回入室真。

己亥春日访盐城一小有感

梅叶桃花映海棠，百年基业靓新妆。
成人达己由来厚，但见南枝尽向阳。

【附注】

盐城一小，源于成达高等小学堂，不忘初心，“成达教育”为主张，“成德达才”为目标，“成人达己”为桥梁，令人神往。

俞向阳，该校体育专业特级教师，江苏省人民教育家培养过程培养对象。向阳，取其双关之意。

夜逢大雨至滨州讲座感赋

时逢芒种挟风行，一洗尘霾碧宇清。
端午追源怀屈子，穿帘度竹动思盈。

己亥端午节滨州讲学感怀

黄河路远石榴红，渤海云轻绿树葱。
孙武倾心天下闻，东方回首八方崇。
菖蒲角黍家家节，艾草雄黄事事同。
自古圣贤携手地，与君论道月吟风。

【附注】滨州以黄河路、渤海路构成城市主干道，呼应依河傍海之势。滨州名人之最者有《孙子兵法》作者孙武、汉武帝时期的辞赋家东方朔。

鲁彬之学术讲堂感言

奔涌黄河似我心，熟云碣石可东临?
冰花名鲁人称豆，早有彬之助梦吟。

【附注】黄河，从滨州市穿城而过；而无棣县的碣石，有人说是当年曹操东临之地；鲁冰花，不是鲁地特产，而是“羽扇豆”；鲁彬之，用了“山东滨州职业学院”的谐音，同时又是滨州职业学院现代职业教育研究工作室的集体笔名，如今“鲁彬之”已经成为我国职业教育的一个品牌。

徐州啥饦汤

星涵河影护芳尘，马市临街唤路人。
彭祖调羹当独步，乾隆御赐出群伦。
油条八股流香脆，水煎三盘醉梦真。
入口绵柔生颊齿，浓浓淡淡度清晨。

徐州辣汤

清晨有约老街中，信步随芳雨翠桐。
几度相思双去雁，漫天辣味两来风。
千年一碗逍遥客，百岁三壶自在翁。
已解佳肴忘漠北，初心未歇忆江东。

淮安钵池山览胜

窗迎叠石翠微间，倒影清波落日潺。
钓渚烟横楼月倚，荷风忽送动苍颜。

己亥小暑游宜兴金云庄

蟋蟀声催拂翠菰，苍鹰上击忆莼鲈。
温风扑面星眸转，梅雨当空竹径濡。
缱绻江南标逸韵，逍遥月下识骊珠。
世间应少山间景，云绕千峰水绕枢。

【附注】

1. 小暑三候：一候温风至，二候蟋蟀居宇，三候鹰始鸷。
2. 宜兴金云庄有口号：缱绻江南间，行坐金云庄。
3. 唐代诗人颜仁郁《山居》：世间应少山间景，云绕青松水绕阶。

首尔别白玄稷夫妇（古风二首）

其一

问学觅友来海东，幸赖白君斡旋功。
相逢何必通语言，心有灵犀情谊浓。

其二

源远流长大汉风，韩流奔涌五洲东。
相见虽晚应有期，一样思念两处同。

附一首

问余何事入海东，为学为友为韩风。
纵使语异难畅叙，把酒南山灵犀通。
初识真诚又内敛，终感练达兼从容。
月不长圆叶易落，今别良会论英雄。

咏项羽

被坚执锐万人敌，破釜沉舟慑众将。
把酒鸿门心不忍，悲歌垓下叹情长。

项王故里寄怀

一个名人一棵槐，夜寒骓去雨侵阶。
升堂拜谒人何在，迁客悲吟动楚街。

骆马湖放歌

半湖残雨收虹影，夜气空蒙待晓烟。
搬入星辰喧万鼓，家传素业蕴天渊。

【附注】宿迁市教育局副局长张德超告诉我：宿迁二字，意为“一夜升迁”“半夜搬家”，作藏头诗二首以凑趣。

宜兴紫砂壶

紫岫熏风六百年，大师几度夺峰巅。
壶中沉醉寻茶韵，一把砂泥一寸天。

十四
酬唱序跋

次韵长虹兄《辞岁》兼赠诸师友

梦里依稀欣白发，阆风继马别羊年。
夜阑风寂清光冷，晓晚云轻瘦影阗。
讲课授徒兼著述，论诗艺圃未修禅。
蜡梅惊艳馨香溢，沉醉长吟道德篇。

次韵釜山大学洪永教授《访通感怀》

君来寻旧迹，偶聚亦关情。
共研漂流史，临风听渭城。

原韵奉和宗文兄《立秋感赋》

风凉草湿庭芜绿，一夜斜吹斗柄移。
莫道盈虚悲木叶，醉翁词赋少陵诗。

次韵育红贤棣甲午七一《有所思》（七绝三首）

其一

海水奔腾日月多，濠河寂雨不扬波。
沉潜顿挫人生路，太息吟回起浩歌。

其二

沧海骊龙曾怅望，波平石出自峥嵘。
有缘共事称同道，步列群星照眼明。

其三

清阴夏日路悠长，气定心闲燕飞忙。
积淀天成频捷报，开怀犹带桂枝香。

原韵奉和国星兄生日感怀

日月星辰总浩然，文思佛理有诗玄。
三杯浅酌神龙现，兄弟相知不计年。

次韵闵军同窗清明《病中漫笔》

自古思亲两地生，江风碧落断虹明。
催愁夜雨应停歇，晨鸟知春自唤名。

步韵张幼良兄

漠漠朔风未见波，霏霏丝雨尽如歌。
一年佳绝相逢日，无限春光扑面过。

癸巳除夕天寒雪飞有感，依韵志清兄见赠

雪飞自古兆丰年，盘坐湍流思梓田。
仕进原为旧日梦，归乡难觅苇中天。
沐猴渐润江边雨，解佩唯闻墟里烟。
衰草无痕应有意，雪溪又绿细如绵。

步韵宗文兄赠胞弟

——羊年春节留宿小弟家三夜有感

凌霄家风代代留，波光云影喜同游。
同胞手足由来远，最羡徐家德泽流。

原韵奉和友泽贤棣兼别文学院诸君

正月风寒雪云生，空蒙漫卷见深情。
兰摧玉折非吾愿，月落乌啼岂为名。
文苑菁菁成大树，学科皎皎已联盟。
添花锦上无多日，大业同襄万里倾。

戊戌春节咏怀兼和友泽贤棣

瑞雪将融世事匆，残梅笑傲破寒空。
长烟落日催雏燕，短笛横吹引楚童。
应手诗词堪作伴，有心笔墨似无同。
埋头耕种忘忧患，迟景暖风始见功。

蝶恋花·次韵陈亮弟子《白鹭》

檐外烟桥仍落絮，绿草如茵，独出江边步。梦觉双鱼传尺素，画桡轻拨虹归去。

翩若惊鸿心半蠹，北海潜龙，天际帆难驻。妙解前缘君不悟，清波缥缈斜阳路。

次韵胡彦弟子丁酉教师节感怀

夕照荞花月未生，桃源柿熟话归耕。
建兰无意依稀数，海地江天灏气平。

次韵建华弟子咏华清池

骊山迤逦嬴秦逝，柳叶婆娑细复繁。
碧水朱楼清影在，惊鸿瞥过渺无痕。

咏画家吴耀华嗑瓜子赏新作并和昌集兄兴会之作

浩渺云天玉露行，芸香瓜子鹿原情。
轻风拂柳迷人眼，笔落鸿飞满座惊。

次韵远富弟子赠作以咏菩提摩诃

几度临风忆蓼莪，菩提叶老悟摩诃。
桃源有路欣三昧，底事昆仑接九河。

乙未春节答弟子仲贞

冬去春来两鬓斑，花红草绿映欢颜。
诗书万卷灯前景，春雨杏花总等闲。

雨霖铃·酬答文波弟子兼致亚洲弟子

【小序】丙申深秋造访海安城南实验中学，巍巍一方名校，主政者竟然是学校87级本科班弟子许亚洲，又逢中文86级弟子、才学出众的副校长钱文波，其喜洋洋者也，畅叙别情，以其为荣。未几，弟子文波填词以感其遇，由是而感，酬唱一番。

城南阡陌，据千年脉，讲院风帛。云屏石畔相遇，吟情赋笔，飘然头白。淡墨梨笺玉笛，叹春去无迹。问底事，三尺人生，夜雨残荷冷泉碧。

当年陋室今仍惜，忆歌声、悲慨还虚席。芳华倏忽空渡，秋意老、水村烟驿。一别青葱，便是、人情世态难释。俱已矣，黄卷时开，近访陶令宅。

八声甘州·海棠依旧

——次韵今日头条“原创诗词”版主珍妮而作

柳含烟袅娜舞春堤，灯火梦倾城。叹严寒冰雪，北风凛冽，肠断箫声。梅韵悠悠逝去，天道暂虚盈。紫梗香微发，不与时争。

曾记绯红雾蕾，澹荡星移日，最是凝情。忆云锦浮动，夜语觉潮生。独妖娆，胭脂涂萼，误佳期，帘外月胧明。芳菲尽，似醒还醉，岂惧遥程。

次韵三馀堂主《戏题封面人物》

温柔敦厚沉潜样，炯炯有神祝万康。
气质从来由内聚，大家欲出待西窗。

酬正国兄赠洮砚有怀

三月江南水接天，清风急雨夜无眠。
诗心正国凭栏意，洮砚春波未破禅。

【附注】我校为筹备百年校庆，组团去兰州大学学习。好友正国兄闻讯，赠我洮砚一方。同事带回，我为之心动。洮砚，与端砚、歙砚齐名，尽管已经现代化生产，但也值得珍藏。正国兄，化学出身，喜诗词，感赋一首，以致谢忱。辛卯春日。

菩萨蛮·丁酉梅雨时节赠别夏玮、李嘉诚、王凡诸弟子

一池荷叶随风举，枇杷零落蜻蜓舞。把酒绿荫初，柳飞归五湖。
不时经楚雨，竹外知何处？半夏共殊途，春秋天下书。

酬唱慢慢版主《寒冬一奇》

万木凋零独我黄，金花朵朵向东阳。
春风夜月轻霜露，冬末春初我为王。

赠诗友淡香凝远（勿忘初衷·七律）

勿恃乾坤造化功，忘筌玉叶与天崇。
初弦凉月光风滟，衷曲寒山雾雨濛。
淡墨疏花添老树，香笺绮柳入莲蓬。
凝烟媚竹海棠醉，远渚蒹葭羡暮鸿。

送别诗友君雁

君诗隽永绮园澄，雁柱三弦月已升。
易卦占新缘贵兆，凌风沐雨在情恒。

空谷惜缘

若曦兰香老甲东，瓶瑶厚德接苍穹，
梅花侠骨河青绿，使者半生学放翁。

【附注】嵌入多位诗友的网名：空谷幽兰、若曦Y惜缘Y昔情、兰香如故、韦老甲、半瓶瑶、厚德载物、想想－梅花、侠骨柔情牡丹、河青、友谊的使者、度半生。

庶子云飞

兰塬古月映高空，加木迅文荆楚丰。
红卫真甄龙在海，子游茶墨携书童。

【附注】嵌入多位诗友的网名：庶之子兮、云飞云84292517、兰塬、尚古月、高空飞鸟50664506、汤去水加木、6012224143迅文、荆楚风采、911525红卫、真甄甄真、龙在江湖、李木子游、米茶墨、傻瓜小书僮。

煮字贻酒

磊磊沙尘蛮子瞳，山人凌雪雁城虹。
陇西李氏初心近，奇侠落英逐野风。

【附注】嵌入多位诗友的网名：煮字为安、赫如渥赭君贻酒、磊磊砳砳、沙尘寒流凝成雨、蛮子59818210、淡泊山人、凌雪飞舞、雁城神剑、仪陇廖万平、土包李、英姐的初心、奇侠五义、寒风卷落英、野风68326553。

野马尘风

大漠胡杨小草茳，吴天浩碧自成功。
八方正雅银河近，细雨空尘牧野弓。

【附注】嵌入多位诗友的网名：野马尘风、大漠胡杨、小草、吴碧成、方正雅、银河75572362、细雨空尘、牧野散人。

武哥放羊

美好家乡贻酒蓬，杨过煮字杜鹃红。
梅花如雪石榴艳，虎虎生威顺六翁。

【附注】嵌入多位诗友的网名：武哥放羊、美家乡、赫如渥赭君贻酒、十六年相见的杨过、煮字为安、迟开的杜鹃花、梅花如雪似我愁、七月的石榴花、虎虎生威巳午姣、顺六。

首届中华诗人节闭幕别诸君

梅雨凄凄离别日，萧萧斑马动诗心。
荆江一聚知何处，海阔云飞寄清音。

归来仍是少年

——诗人峻峰写真六首

其一　四季

人生四季拥奇童，一笑即春侠义风。
十亩荷塘连万顷，江天暮白送秋鸿。

其二　格局

月上东山抚古弦，波光筏影翠无边。
千秋独钓丹霞雪，月落姑苏路漫延。

其三　仗剑

吉他半掩动英芽，法喜颜开醉珞珈。
气吞飞云思叶问，荡心涤面出天涯。

其四　得酒

羁旅往来心未醉，遨游八极俯淙潺。
问津古渡阑珊处，击节高歌趁月还。

其五　化雨

甘洌醇和大德存，青灯黄卷忆师门。
围炉夜话融秋雨，斗转星移旧墨痕。

其六　初心

梁溪晚雨渺湖边，万缕千丝最少年。
柳影婆娑随曲渚，瘦松寒竹在凌烟。

（戊戌初秋）

续文波弟子佳句

西来布道晓寒轻，又报桃源世外情。
种地吟诗非本意，亦师亦友寄平生。

【附注】西来，我在乡下的出生地；桃源，我现在乡下的居地。

次韵逸明兄《出席第四届“中华诗词古今演变研究”学术研讨会暨东方美谷诗漫贤城诗歌节感赋》

风劲天高鸾鹄翔，东方美谷共澄光。
几声啼鸟随流水，一树横斜带夕阳。
古谱传承莺语近，诗心醉落蝶飞忙。
贤城南陌芳菲尽，更待芰荷梦里香。

天下何处不赏樱

【小序】金陵讲诗欣逢弟子数人把酒畅叙，其喜洋洋者矣。弟子秀美作七律一首，略记其事。深为所感，次韵一首。

满眼樱花澹澹天，林花落处忆初妍。
疏枝高耸一时染，白发纷披逐日添。
一白一红寻旧梦，一觞一咏洗苍颜。
迷蒙穿越知何处，画意诗情不可传。

《岁月留痕》（第二集）读后（七绝五首）

【小序】文友陆云波笔耕不辍，《岁月留痕》第一集出版，我曾为之作序，谬得好评。近日第二集即将付梓，我赋诗以赞。

其一

出自农家榆柳间，书山有路敢登攀。
“通师”苦读寒窗影，投笔从戎“越战”还。

其二

军人本色出天然，国是管窥慕昔贤。
南海悠悠中国梦，反思“越战”座中先。

其三

激扬文字古今春，《一缕麻》评洗浊尘。
李白鲁芹金石永，羡林大作勇求真。

【附注】越剧《一缕麻》感动人心；台湾散文家吴鲁芹令人景仰；并与季羡林研讨“天人合一”中西文化观。

其四

四海遨游眼界宽，见微知著沐芳兰。
宏丰实业连天下，“浪里白云”半倚滩。

【附注】云波退休后兼助公子打理“宏丰色织厂”；网名为“浪里白云”。

其五

峥嵘岁月自留痕，石黛溪流“启秀”魂。
踏遍青山人未老，风雨兼程又一村。

【附注】启秀指启秀中学，云波一家三代多人就读或执教该校。组诗刊载于《江海晚报》2017年2月24日第23版。

序刘成才博士书稿有感

刘郎逸翮气如兰，子有芳华海底宽。
成仁成事承天地，才著西窗醉岩峦。

丙申仲春序太乙《中华美德诗选析》有感

徐家德泽润明珠，云径碧梯万里途。
太乙含真凌四海，春江水暖赏新图。

南通大学微信平台《通大人物志》序

宇宙茫茫，紫气萦回三万里；
神州渺渺，大江奔涌五千年。
俊采星驰，河清海晏平原绿；
三川交汇，江北淮南半岛烟。
咸淡人生，书香一瓣；
恢宏基业，鸿烈三笺。
春秋代序，日月不居；
百花惊艳，风正荷妍。
莘莘学子，欲通古今之变；
湛湛良师，勇驱天人之阡。
人物平台，争春万树；
生生不息，瓜瓞绵延。

贺正春兄新著出版

夜雨霏霏敛陌尘，柳丝飘拂待游人。
无端墨迹分南斗，依旧书香度北辰。
抗疫居家论大道，深暝阅世味通神。
共时迭合吟风叶，对话丹襟有正春。

【附注】李正春兄《元代组诗论稿：以历史文化为视角的考察》，凤凰出版社出版。

东家贤女

点染蛾眉柳色新，赞和月影楚江滨。
文鸳藉草移秋晚，本蕙随风送冬晨。
写出梧桐窗外雨，作笺蝴蝶岸边春。
教君长诵蘼芜曲，程典犹闻芍药真。

【附注】题目来自《孔雀东南飞》“东家有贤女，窈窕艳城郭”。藏头诗，为扬州大学文化传承与创新研究院院长柳宏兄《文本写作教程》写序。

酬答日本捐赠物资诗句

同气连枝到玉堂，山川异域竞芬芳。
青山一道同云雨，明月何曾照两乡。
武汉齐心吟杕杜，东瀛援手唱同裳。
春风一夜江城暖，楚水燕山万里长。

【附注】

1. 日本捐赠物资诗句：

日本捐武汉：山川异域，风月同天。

日本捐湖北：岂曰无衣，与子同裳。

日本舞鹤捐大连：青山一道同云雨，明月何曾是两乡。

日本富山县捐辽宁：辽河雪融，富山花开。同气连枝，共盼春来。

世泉青日本分会：春风一夜到江城，楚水燕山万里长。

2. 杕杜，《诗经》篇名。

3. 日本所引诗句，主要源于博大精深的中国传统文化，有名句有感悟，但也有不合平仄对偶等格律之处，故有班门弄斧之感，我们不应该妄自菲薄。

题赠乔芳等《大学语文》新著

桐叶飘零红叶敷，残荷婉谢露凝珠。
教材升级谋新路，读本换代识旧途。
阐释从容唯实践，吟思沉醉尽通衢。
不离不弃开瑶席，每恨蒹葭斗转枢。

十五
诗钟联语

1.“东海”诗钟

——有感于东海县水晶、温泉、百湖、深井、花卉、版画六张特色名片而作

东方晶苑清如玉，（一唱）
海上星城自掩光。

陇东珠润清辉映，（二唱）
沿海星驰自逶迤。

紫气东来风荡漾，（三唱）
灵泉海会月徘徊。

零雨其东香百合，（四唱）
双湖似海寿千年。

名列百强东阙远，（五唱）
井连五宿海云深。

晶莹剔透鸣东壁，（六唱）
版画传情到海隅。

晶亮百湖深似海，（七唱）
泉香千里淡如东。

【附注】朱自清，东海之著名文人，第一、第二联嵌入。

2. 常州市、钟楼区、天宁区

钟磬悠悠新月一弯赏三千寺外雨
楼台浩浩长虹万丈闻九龙庭中香

3. 连云港、海州区、东海县

东海全无海，东尽海潮绕祥云，万里可循西游记
海州恰是州，海滨州府依春水，千年遥入花果山

4. 如皋、杜国元、桃园——杜国元《我的故事》

往事越千年，渊明采菊，新区可读书，城南铸伟业
归云游万里，楚王奔驰，马塘觅旧居，桃园接龙湖

马塘桃园皆故国，新区城南开新元。

5. 金湖、荷花

金堤逶迤源洪泽，湖柳婆娑渺大江。（一唱）
金荷逶迤藏斗金，湖莲绵延绿三湖。（二唱）

6. 徽州、绩溪、宏村

第一：徽州

徽光闪烁酒巷深
州土平乐茶香远（一唱）

第二：绩溪

文苑奋飞承伟绩，徽州怀远出山溪。（七唱）
古井泉清留圣绩，金种味美醉山溪。（七唱）

【附注】徽酒：古井贡、金种子。

第三：宏村

宏宇灰廊虚竹宅，村荷绿箭映南瓜（一唱）
渺渺宏门天外阙，依依村舍水中烟（三唱）
万古宏门云自在，千家村落水长流（三唱）

7. 靖江

春兰淡淡归廉靖
秋桂青青对大江（七唱）

8. 程澄

程门立雪展鹏程
澄殿吟风熏瀚澄

9. 润州

润浦逶迤催玉润
州池偃蹇茂九州

10. 如皋、水绘园

如城花茂香万里
皋壤寿弦奏千年

如城花茂增人寿
皋壤谷肥贺年丰

水声清冽悲小宛
绘色深浓恸冒襄

11. 文学院 2014 年本科生毕业典礼献词

天高地迥，诗记杏花，庄生醉眼对红尘，且行且珍惜
水阔山重，辞传香草，屈子忠魂萦皓月，渐去渐逍遥

12. 陆云波、陆晓云

云崇天际留胜迹
波泻大江颂蕙风（一唱）

海雨晓烟君子竹
江风云影大夫松（三唱）

13. 文学院校友会

黄海东流纵横学海且看通大百年际会春风绿江左
五山环绕沉醉书山难忘师专三载同窗秋月同五湖

14. 屈原

橘颂离骚窥楚屈，湘君哀郢悟根原。

15. 屈原

奔走离忧当偃屈，抽思致志竟无原。

16. 屈原

屈志忍尤思远集，原生行迷济沅湘。

【附注】《九章·思美人》：欲变节以从俗兮，愧易初而屈志。《离骚》：屈心而抑志兮，忍尤而攘诟。《离骚》：欲远集而无所止兮，聊浮游以逍遥。《九叹·逢纷》：原生受命于贞节兮，鸿永路有嘉名。《离骚》：进不入以离尤兮，及行迷之未远。《离骚》：济沅湘以南征兮，就重华而陈词。

17. 金霞父亲金广林去世（84岁）

世代传承恩泽广
一生劬劳万里林

18. 母亲孙凤芳去世

七十六载含辛茹苦无私奉献常躬亲
四十一天忍痛受难奋力抗争竟撒手

滋竹当风空有影
晚萱经雨不留香

19. 父亲周炳生去世

坚韧执着自信敢拼兴家业
含辛茹苦独重教育播家风

20. 中秋节短信

楼深虹烁惊嫦娥
霜重榴红喜吴刚

21. 倪歌生日

【小序】八月廿六日，弟子倪歌欣逢农历、西历生日叠合，十九年方一遇，感慨系之，撰联以贺。

东瀛鸾凤归，天倪澄秀永
北斗海棠醉，月润九歌新

22. 九华

第一联：

九天揽月
华屋载阳

第二联：

三九如玉
五华若春

第三联：

鹤鸣九陌
莺舞华池

第四联：

烟云重九
水木清华

23. 无锡市辅仁高级中学

幽篁新雨润
才俊辅仁行

24. 徐建平

建构如椽接天地
平心若定穷古今

25. 施仲贞

建业通州非伯仲
东吴瓯越当永贞

26. 纪晓建

晓宇清风连国梦
建庭瑞雨写吾心

27. 何秀鹏

日出江花钟毓秀
风来海柳颂鲲鹏

28. 胡彦

胡桐历练修胜果
彦哲遨游悟妙机

29. 陈亮

陈如宰辅思伟业
亮若灵台盼中兴

30. 屈桂梅

秋日流香数玉桂
严寒傲雪有红梅

31. 杜远红

故国风烟惊谷远
江河日落对花红

32. 张明晶

明眸看透三百里
晶殿辉煌一千年

33. 胡敦飞

敦厚温柔唯汉序
飞萤自在岂胡风

34. 刘庆安

庆泽春来浮瑞色
安池夏去醉澄心

35. 张翙

张眉以视低沧海
翙羽其鸣近洞庭

36. 王业强

业识茫茫无本据
强知澹澹有因缘

37. 贾捷

贾笔轻扬清玉塞
捷书急奏韵金钲

38. 叶罕云

罕走星台含靓影
云飞莲塔逐金辉

39. 季晓菁

晓露霜晨松壑尽
菁山绿水柳荫深

40. 倪歌

倪慕楚辞沉郁意
歌咏庄子啸鸣情

41. 傅雯

傅语清心窗外雪
雯香雅韵水中天

42. 夏玮

夏云暖树风泉白
玮雨寒花雪月清

43. 何继恒

素业高风如可继
清时傲骨岂无恒

44. 徐芙蓉

芙蕖翠叶流苏影
蓉菊庭花琥珀香

45. 常威

常川露白风池瘦
威海霜红曲径幽

【附注】常川，地名，在新疆。

46. 崔恒华

恒北层云期慧眼
华东片雨洗尘心

47. 张佳

张园修竹千围合
佳树飞花万点开

48. 孙金凤

金弦影落逢知遇
凤管声圆彻太清

49. 李嘉诚

嘉树素荣源壹志
诚枝挎果固难迁

50. 王凡

王风北去参天地
凡卉南来逸古今

51. 李坤林

坤维浩渺清氛里
林月扶摇翠影中

52. 顾雪生

雪去风轻丝竹远
生来月淡管弦攸

53. 吴兆路

兆丰瑞雪祈盼久
路贯熏风不畏寒

【附注】路贯：用《楚辞·招魂》典。

54. 陈建华

建亥芳馨枝上觅
华阳碧影水中吟

55. 孙振

孙樽幸有华清酒
振袂欣乘玉宇风（宋 · 傅察）

56. 李昌集

昌来历历临万壑
集古骎骎访九垠（宋 · 周必大）

57. 李仁国

仁兄之气包天下
国士之风接古今

58. 杨泽宇

泽衍江风，培心培地
宇含海韵，养性养天

59. 沈风雷（用《九歌》“山鬼”篇成句而改）

风飒飒兮木邈邈
雷填填兮雨冥冥

60. 沈风雷

风云下走若冯虚（宋 · 王柏）
雷电穿空如泰豫

61. 曹阳

曹甸风寒惊初叶
阳泉水暖喜新声

【附注】曹甸、阳泉，均为地名。

62. 申作宏

君思我兮然疑作（《九歌 · 山鬼》）
月梦汝些属意宏

63. 汪桥红

桥梅已去三千叶
红杏初开第一枝（宋 · 晏几道）

64. 罗剑波

剑胆琴心谁可语（梁羽生）
波痕画梦自能歌

65. 张卫斌

此日时评飘羽卫
他年主笔醉文斌

【附注】卫斌兄原来执掌《南通大学报》，卓有成就，多次获奖；如今到学院任书记，痴迷时评，高论迭出，成为京城有影响的时评家。羽卫者，依古代称谓之例，指被羽卫者。

66. 康贻华

贻贝沽牛思万户
华轩秉笔照千秋

67. 王晓峰

左吟破阵右破晓（曙汛）
横看成岭侧成峰（苏轼）

【附注】破阵，指古代名曲；破晓，今之流行歌曲。曙汛，余之笔名。

68. 迟宝东

宝马嘶风人渐远（宋·葛郯）
东山映月水犹长

69. 梁天明

天若有情天亦老（唐·李贺）
明如无涯明善睐

70. 朱一卉

一觞梧叶书中影
卉醴陀花物外香（唐 · 郑畋）

71. 鞠九兵

雉水千年流不断，九兵功业向神州
九丘智性传皋壤，兵法悠然出雉川

72. 韩明

韩海扬帆思李白
明蟾弄影有东坡

73. 李旭东

旭旦云烟藏海月
东篱雨露醉江天

74. 方弢

方剑高歌飞有薛
弢弓长啸越烟窑

75. 王嘉祥

嘉树扶疏连北岸
祥云澹荡绕南窗

76. 徐应佩

应知学海依云卧
佩解江皋对月行

77. 刘丽

刘风一曲长门怨
丽雪三更冷月寒

刘风一曲承乾意
丽雪千山接地坤

78. 秦云霞

云淡天高秋夜月（苏轼）
霞轻水阔梦中诗

79. 顾永安

永遇英雄常际会
安闻豪杰总相逢

80. 田震宇

震泽晨光来北岸
宇池夜雨对西窗

81. 沈怡庭

怡神自得登堂室
庭月悠然入画檐

82. 朱纯琰

纯金可历千年试
琰玉须知百代传

83. 吴慧鋆

慧叶婆娑披凤篆
鋆枝宛转载龙池

84. 王舒雅

舒芳耀绿滋兰苑
雅韵融春润竹溪

舒音大濩思往古
雅舞箫韶蕴八荒

85. 顾纪忠

纪郢曾临知屈子
忠谋屡画戚吾心

【附注】同事，自 1991 年兼任教务处副处长以来，尔来二十有四年矣。纪郢：楚国都城郢都纪南城，简称纪郢。郢，亦属敬语。戚，“于我心有戚戚焉”。

86. 王夏强

夏枕诗书吟九夏
强分笔砚慕三强

87. 闵军

闵雨皇皇承《小雅》
军声业业继《春秋》

88. 李百胜

百照澧泉光映日
胜修灏月气凌云

89. 姚春雷

春湛湛兮云渺渺
雷填填兮雨冥冥（《楚辞 · 九歌》）

90. 卢玉军

瑶台映雪敲冰玉
碧水临风寄六军

91. 毛雨森

檐外闲云催急雨
松窗竹舍自萧森

92. 金洪永

洪波涌起连三泽
永巷归来享五荣

【附注】一唱：金洪永；七唱：金泽荣；洪波涌起，用曹操《观沧海》成句。

93. 俞佳

俞音九万鲲鹏志
佳语三千骐骥情

94. 朱小娟

小笛荷池经溪雨
娟弦桂苑梦江风

小慕书生知冷暖
娟临尹派问沧桑

小月花轻催叶小
娟弦竹影照婵娟

【附注】小娟为级别较高的越剧票友，学小生慕尹派。

95. 保永春

俪影曾将山共永
元枢只待柳和春

96. 李清湘

清露无声滋九畹
湘波有意入三岚

清露无声依杜若
湘波有意映秋兰

97. 薛家宝

家风独许昭阳暖
宝月通灵海渎清

【附注】昭阳，家宝兄家乡兴化之古称。盐城，旧称盐渎，家宝兄大学毕业后即奉献于盐城高等教育事业。

98. 芮鸿岩

鸿稽凤翥心常坦
岩揽鱼翔气若虹

99. 郭汉鼎

汉渚鸿飞依北斗，柴油浓淡因纯孝
遗爱遥传天竺外，唯有店云能识我

鼎川柳醉卧南山，柠檬酸甜以仁心
吟魂应在蜡梅间，每逢闻雨倍思亲

【附注】12月29日，南通市教育局局长郭毅浩父亲郭汉鼎去世，他思亲过度，向我寻找我写王湛母亲的散文，第二天获知，决定为其写挽联。

100. 徐杰

徐行茂竹音书暖
杰立苍崖韵墨深

101. 赵宪宇

宪台岸柳清风醉
宇下云窗霁月归

102. 春节短信

种数盆花，可晓春秋代序
依三棵竹，能知日月盈虚

103. 自序

遨学海六秩身，因寄蜉蝣，休辜负清风明月
借他乡三分地，乃知天命，任安排嘉木时蔬

104. 年初五迎财神鞭炮不断焰火连天

一响如雷，惊动满天星斗
众芳似箭，映红百里乾坤

105. 2015 年年初七夜雨

细雨随风潜入夜
星河伴月至天明

106. 敬挽陆林教授

陆海潜龙惊圣叹
林泉楚凤岂知非

【附注】陆林兄于金圣叹研究，既有《金圣叹全集》（凡六册）获省社科奖，又有《金圣叹史实研究》入选国家成果文库；楚凤，暗指籍贯属相；《知非集》作为戏曲文献研究论文集，我作为评委，力推省哲社二等奖。

107. 对联

千峰拔地万笏朝天看四时晴岚阴雨遥看南海慈云（鞍山市无量观）
四水归流三山屹立正嘉树绿叶素荣顷接九嶷神韵

108. 诗钟（老子、米开朗基罗）

修心鼻祖
雕艺开山

109. 诗钟（楚辞、橘子）

淮南佳果，楚地歌吟
成于屈子，硕在淮南

110. 苏州、茶杯

寒山夜泊
景德香留

111. 繁体字、司马迁

散文绝唱，小学渊源
文化鼻祖，史部源头
小学鼻祖，太史传家

112. 杜牧、西湖

并称有李
独美无山

113. 扬州、六祖

西湖绿瘦
菩萨理深

114.

怒涛寂寞打孤城（周邦彦）
寒月逍遥悬塞外

115.

缥缈孤鸿影（苏轼）
逶迤群鸥云

116.

楚天千里清秋，水随天去秋无际（辛弃疾）
沧海万年激浪，飙逐岸危浪不休

117. 星辰、辛稼轩

心盼北斗
将困南园

118. 美女、金钱豹

嫉因国色
惊以斑纹

119. 葡萄、曾国藩

浓酒可酿
清室当兴

120. 美女、星辰

河清月隐
目盼鸿惊

121.

虹销雨霁彩彻云衢（王勃）
日落霞蔚暗昏海隅

122. 别业

别业何尝非别墅
江潮终究是江水

123.《离骚》句对

路修远以周游
心絓结而不解

124. 欧阳修、世说新语

魏晋品评
琅琊抒忧

125. 扬雄、马

壮夫不为
八龙可驾

126. 贵宾厅、谢灵运

诗传山水，人行皇衢
晋书未就，精舍有朋

127.

剑在床头杯在手（苏轼）
书品意味酒品神

128.

故将墨竹换新诗（苏轼）
欲对春兰步旧韵

129.

安眠无梦雨声新（苏轼）
沉醉有情云彩远

130.

白云出岫初无心（苏轼）
小草离山变远志

131.

无奈能开顷刻花（苏轼）
有缘当结千年果

132.

纸落烟云供醉后（苏轼）
灵飞雨巷唯醒时

133.

三千强弩射潮低（苏轼）
五百群峰催日落

134.

文起八代原道辞高（何绍基）
史源唐尧尚书佶屈

135.

事共时迁云今月古（何绍基）
潮随水落雪浅霜浓

136.

秋空一蝶下寻花（何绍基）
夏夜千萤高觅食

137. 关汉卿、雨

沉冤有恨
润物无声

138. 圣母、兰花

庭中王者
心底观音

王者香清
慈怀溢远

139. 泰山、刘邦

藏弓烹兔
封禅朝宗

140. 庐山、成吉思汗

飞流直下
席卷西来

141. 范曾艺术馆、《史记》

韩城述史
通大流芳

楼彰十翼
学启一门

142.

千里而来，徐孺子可容下榻（泰山名联）
万年乃至，白素贞不弃尘缘

143.

一尊浊酒，重来此地看湖山（曾国藩）
两杯香茗，梦忆当年归云岫

144.

江汉美中兴，愿诸君努力匡时，莫但赏楼头风月（张之洞《黄鹤楼》）
将相因大业，率同道一心救国，当深知海外烟云

145.

海气百重楼，岂谓浮云能蔽日（张之洞）
江风七宝塔，永承夜雨未闻铃

146.

诗带禅思，半夜吟声分佛火

乐含教义，一生弦诵化儒风

147. 酒、凤凰

髫龄咏唱

驾鹤影神

148. 王勃、马

洪都留迹

天山显名

149. 屈原、神经质诺贝尔

楚王台空

掌门神扬

150. 井冈山、鹤

红岫染遍

白云层开

151. 白鹿洞书院、项羽

书香千年

剑冲万里

152. 万俊人

沅湘奔涌多才俊
曲江沉醉少丽人

153. 周建忠

风节历练年年建
孝悌执着寸寸忠

154. 薛晓源

敢从泰斗心中晓
已度南山世外源

155. 祢衡、司马相如

援笔才溢
濡豪思竭

156. 宋玉、张良

登徒咏风
壮士击锤

157. 诗钟（虹、贺知章）

金龟沽酒
红练悬空

158. 敬挽万里委员长

独开九畹滋新绿
唯借东篱寄汗青

159. 悼念师胜杰大师

胜游尘世浮云尽，杰立苍崖爽气收。

160. 敬挽宗文兄

宗儒述孟存天地，文德诗心在古今。

【附注】徐宗文，江苏教育出版社原总编、编审，江苏诗词学会副会长。

161. 董健先生千古

董狐执笔何时易，健犊乘云此处真。

162. 咏弟子系列之二十八（吴翔，一唱）

吴吟八载移嘉木，翔舞几回过碧山。

163. 咏弟子系列之二十九（徐瑛子，二唱）

瑶瑛积玉随风醉，西子飞花待月归。

164. 咏弟子系列之三十（吴丹，一唱）

吴岫涌云随望远，丹池映月任思深。

165. 咏弟子系列之三十一（李国荣，七唱）

受命不迁生南国，焚香壹志在素荣。
千里寻求罗子国，七年觅得素枝荣。

166. 咏弟子系列之三十二（季郑秋，七唱）

异代同声知雅郑，他山共语解春秋。

嵌名喜联

1. 顾璟，何静

世代切磋成好璟；一生致远归宁静。

2. 翟瑛栋，朱艺丹

翟门庭院深瑛才辈出成栋梁；
朱墨春山远艺境优雅入丹府。

3. 徐念一，张叶欣

念念秋色浓，一轮明月，期钟鼓兮烟徐；
欣欣夏木长，万里红叶，与佳期兮夕张。

4. 张颖，严轩辰

张幕连江树，佳音邈邈波洞庭，三阳浮合颖；
严德接海潮，英气轩轩贯北斗，四序净芳辰。

5. 朱俊，李知乐

我朱孔阳清新俊逸仁者自若山；
桃李浓艳秀外慧中智者当乐水。

6. 蔡宇飞，周菲菲

上蔡河深衡宇绕千年燕燕于飞；
岐周山重琼楼映万里菲菲在堂。

7. 李广宽、陆燕

李秾春意深，水广棹歌响，襟抱五湖宽；
陆离余佩远，气爽长空净，梁绕双飞燕。

8. 吴铭敏、王晨

王风中州情，寄意东雁，桃花对芳晨；
吴歌江南调，铭心春秋，柳絮联章敏。

9. 丁飞、王梨清

王者吟唱梨花雪，缘定三生，银汉清清看鹊渡；
玉女含羞丁香风，情归四韵，瑶池渺渺待鹏飞。

10. 何其嘉、顾雨辰

片云轻染寻香陌，分外妖娆，嘉言出懿彩；
丝雨微沾踏芳辰，何其深邃，顾盼生辉光。

11. 臧翔宇、席婷

长鸿万里翔，与子偕臧，柳堤光玉宇；
鸾凤三秋席，共渡澧浦，花苑学娉婷。

12. 张慧敏、殷闽

张何醉矣，心灯放慧光，黄海清纹敏；
殷其盈兮，梦月无尘色，闽山翠卉迎。

13. 王琳、胡搏

两三竿竹，深浓王者香，王林青翠皆秋色；
千万叠山，远近鲲鹏搏，古月风泉有雨容。

14. 张露莹、石磊

竹外细雨张江月，风露同古今，天清日润莹玉泽；
松间清风石上泉，磊落涵泾渭，云淡星疏碧琼池。

15. 魏思敏、郑仕雄

魏韵悠扬，思来泽吴下，芳菲漫步诗意敏；
郑声婉转，仕进歌云中，烟雨流连大道雄。

16. 彭雯君、李建华

彭姿灼灼本天然，雯桂香风暖，君吟梦矣如玉；
李翮翱翱自云逸，建兰皓月清，华采衣兮若英。

17. 常成、周明佳

常喜申江起惠风，赏三秋桂子，琴香百代皆成趣；
周吟海上生明月，寻十里荷花，笛韵千年尽佳期。

18. 顾奕、胡彬

顾循承丕构，庭际满芳菲，神风气象恢洪奕；
胡为入昊飞，江边盈墨菊，水月天光照文彬。

19. 顾家宏、张悦

张琴迤逦浩无边，怀四海澄心，烟雨相与悦；
顾瑟潺湲摇绿影，感万家霁月，风涛总成宏。

20. 张周洲、陈琼琼

张菊沐天香，观柳月周波，怜芳若兮揽洲浦；
陈荷萦海韵，眺琼楼皓宇，醉玉如矣吟琼山。

21. 戴苏川、韩昀霏

戴嵩牛卧绿水边，苏子如潮，山川似画波涛远；
韩干马鸣春风里，文昀似海，竹树如霏日月长。

22. 戴树仁、陈莲英

戴龙踏海来，碧树斜桥绕楼台，无敌无忧为仁者；
陈凤穿云至，香莲晚巷连江海，相知相守是英才。

23. 管宇、刘丹

悠悠玉管清秋远，风里荷花开，淡淡寒烟接寰宇；
浩浩炎刘碧水长，园中石榴发，依依凉露承金丹。

24. 张阳光、季晓菁

张云啸聚汇盐都，阳泽腾耀时，光行万里穿幽篁；
季雨翻飞循旧渎，晓星流转处，菁历千年对花影。

25. 李翔、周星星

李起老聃醉春秋，撰余辔兮安翔，昊月千年来福地；
周从后稷传文武，吟奎星矣远翥，春风十里聚文星。

26. 曹海林、梁晓芳

曹溪雨过满西楼，海岱啡青，林壑风烟松壁远；
梁苑霜寒连北斗，晓云尽窈，芳泉月影水云深。

27. 赵唯洁、沈晓峰

赵舞溪林皓月圆，我运唯扬，瑞彩祥光藏玉洁；
沈吟岩野秋风劲，谁来谛晓，熏风秀色映霄峰。

28. 钱玥旨、王维

钱舍山霞穿碧水，银屏翠玥迷，雪柳紫皇蒙妙旨；
王亭汉渚尽黄鹂，月璧红枫醉，和烟暮雨守坤维。

29. 薛淼、李倩

薛蕊风窗连海月，练横树杪，琴思淼对涵秋影；
李荷雨巷接江风，珠缀花梢，笛许倩回映春波。

30. 韩宇捷、袁洁

韩阳高照对金樽，昊宇依西窗，捷书先觉承清露；
袁月生辉连玉璧，星云伴东苑，洁练已闻沐雅风。

31. 周少博、刘明明

周览四方玉盘清，少帅风姿，遥想飞觞咸可博；
刘吟万里青山外，明眸柳韵，欣闻锦笺会通明。

32. 王嘉辉、王蓉子

神州浩渺出侯王，嘉树含清辉，欣北海玄珠在握；
王苑恢宏归姱丽，蓉裳伴瑞月，羡南山之子于归。

33. 顾炎冰、周舒颖

顾景怡颜倾慕风，炎瀚下昆冈，冰崖雪谷相辉映；
周诗沁梦流连雨，舒霞涵日月，颖露清溪共徘徊。

34. 沈伟、张银莹

沈吟修竹醉西窗，金桂惠风轻，寒霜翠玉疏烟伟；
张诵幽兰惊左岸，银蟾晴黛远，晓露红珠泫雪莹。

35. 姜帅、袁野

袁巷芝兰自古醇，笋涌云滋，野径登贤思往圣；
姜畦玉树由来雅，荷清石润，帅旗飘拂得初心。

36. 周沛宇、叶雅涵

周典文翰雪盏深，沛吾乘兮桂流，瑞涌栖霞催昊宇；
叶红果熟云天远，雅秀姿矣兰席，运来璧月映澄涵。

37. 大弟夫妇（周建荣、平静）珍珠婚纪念日，撰嵌名联以贺

平洛悠扬随四海，绘图分蓟北，皇州万籁晋云静；
周江潋滟绕天涯，建岳接虞唐，北苑纤尘楚橘荣。

38. 南通大学著名画家康卫东教授女儿大婚之日作嵌名喜联以贺：恭贺安亚龙、康晏瑶新婚志喜

安知学殿壮思飞，修篁亚路长，龙吟松度风云起；
康悦书窗深欲醉，岸绿晏华发，虎啸柳分瑶圃新。

39. 育红博士公子、弟子王圣岩新婚志喜，作嵌名婚联（王圣岩、吴倩）以贺：

王气潜随斗柄移，千秋圣泽传，古木回岩栖远志；
吴声飞落云山动，万里龙川照，春花曼倩展宏图。

40. 卫斌兄公子大婚，作嵌名喜联以贺：恭祝张天枢、朱婷婷新婚志喜

张幕横桥紫气来，高阁倚天光，千里玄枢筹运幄；
朱轩画舸祥云合，婷楼开曙色，八方洲渚照娉婷。

41. 嵌名喜联（顾思远、朱嘉译）

顾恺丹青绘绿春，江海展才思，千年桃李风香远；
朱弦彩墨题红叶，嘉林涵毓秀，九译幽兰柳色新。

42. 恭祝李骅、林玮恩新婚志喜

李灿桃春达楚湘，壮志蕴初心，骅骥晴风游寰宇；
林溶柳绿通江海，高才涵玮艺，恩光灏气照乾坤。

43. 恭祝王凡、徐维良新婚志喜

徐殿遥深志气雄，维北有斗星，应是良辰留胜迹；
王扉灵动诗情引，江南无风雨，依然美景出尘凡。

44. 毛天峰、王冕

毛诗宛转露华清，飞龙合九天，雨和峰润红枫艳；
王韵悠扬秋意远，彩凤回轩冕，月度云轻丹桂香。

45. 李嘉诚、李珊珊

蕙兰谁识李翰林，嘉声绕玉轮，诚推几度思龙翥；
桃李独知孟学士，珊月驰江海，珊往一朝共雁飞。

46. 李翔、周星星

李起老聃醉春秋，撰余辔兮安翔，昊月千年来福地，
周从后稷传文武，吟奎星矣远翥，春风十里聚文星。

新联集锦

其一

遍地风流天眷顾，满园飘逸水缠绵。

其二

飞絮白云潜入梦，红粉紫叶绣成花。

其三

前世谁人能邂逅，此生何处不相逢。（杜牧）

其四

人生苦乐皆陈迹，（吴伟业）
世事荣枯尽旧闻。

其五

最忆儿时书味好，犹思故里月痕清。

其六

把酒花同醉，开簾待燕归。

其七

深山夕照深秋雨，小径炊烟小巷风。

其八

桃红柳绿烟苞放，云白天蓝碧叶生。

其九

绝处逢生，给点阳光犹灿烂；
无人识我，沉吟月色自逍遥。

其十

邀月观烟柳，随霞醉雨荷。

其十一

吹面杏花雨，洗心沂水风。

其十二

老叶吟诗，满地殷红归去早；
新芽起舞，一身翠绿醒来迟。

其十三

油菜花开香满路，梧桐叶落水生风。

其十四

抗志云霄，展中华风范；
心怀四海，扬大国神威。

其十五

四时烟雨，三界双鸳，清风水泊；
三月桃花，两人一马，明月天涯。

其十六

曾吹五岳云曾过六江水，不打三春鸟不尝四月鱼。

其十七

一黄二黑三兄弟，三友二朋一裔孙。

其十八

野旷天低，封城封国不封口；
山高月小，断路断航难断心。

其十九

野旷天低，封城封国不封口；
风高月小，挡水挡山难挡人。

其二十

五色五行一河柳絮，三生三世十里桃花。

其二十一

一响如雷，驱逐楚天病虐；
众芳似箭，普照百里乾坤。

其二十二

竹相错落风相送，花自飘零水自流。

其二十三

山若无眠知夜月，水如有语解流云。

其二十四

孤标傲世偕谁隐，(《红楼梦》)
老去惊天伴汝归。

其二十五

今天谷雨皆花语，昔日清明尽泪奔。

其二十六

若雾神怡临风落月，如花美眷似水流年。

其二十七

带雨梨花心事重，随风柳絮水云深。

其二十八

红尘渺渺归何处，绿水迢迢落我家。

其二十九

古来圣贤皆寂寞，(李白)
未必尧舜尽逍遥。

其三十

风和日暖人如意，海阔天空梦似云。

其三十一

一帘春色飞花语，几树秋风落叶天。

其三十二

风云三尺剑，（左光斗）
雪月一枯枝。

其三十三

清风有意难留我，（王夫之）
细雨无声可共谁？

其三十四

看花临水心无事，（黄慎）
望月凭栏梦有情。

其三十五

清风明月自来往，（伯牙亭联）
沧海桑田任去留。

其三十六

雨过林霏清石气（止息亭联）
风来草露湿罗衣。

其三十七

五一自应归定位，（宋 · 曹勋）
三春修得去无痕。

其三十八

月黑梦将入，山青花欲燃。（杜甫）

其三十九

草木有本心，何求美人折；（张九龄）

乾坤无一字，不必才子传。

其四十

夏来春去母亲节，暮想朝思游子心。

其四十一

风吹柳絮浅迷眼，雨打梨花深闭门。（宋·李重元）

为1000万高考考生祈福

出生“非典”，决胜“新冠”，谁知万里琅琊榜；

入座烟霞，长驱古阵，自许千寻峨眉峰。

十六
诗与人生

诗与诗人

社会、历史、自然、天地之间，处于两极的是音乐与数学。音乐偏于感性，数学侧重理性。

诗歌、散文，是音乐与数学的过渡状态，诗歌接近音乐，散文走向理性。散文诗，则处于诗歌散文之间，兼具音乐、数学之美。

音乐，是诗歌的本性；抒情，是诗歌的天性。叙事、阐理，是诗歌的非典型特征。

诗人的情怀或浪漫或高冷，诗人的视野或迷离或清晰，诗人的心胸或浩阔或偏执，诗人的语言或晦涩或畅达，诗人的情调或感慨悲壮或悲天悯人，都是可以理解的常态。

同样一件事情一个细节一个灵感，戏剧描述为一场冲突，小说虚构出一个故事，散文揭示一个哲理，诗歌展示一个世界。

诗歌无论新旧，不分骈散，不论形式，只要获得内心愉悦他人认可，娱己娱人，自成情调，就是佳作。

有的人最充实、最快乐的一种表现方式：就是写诗。凝眸既久，欣然会心，带有甜美的兴奋和敏锐的灵感。

诗是人类的精神家园，只要人类不灭，诗歌就不亡。

有专家说诗有三性：灵性、智性、神性。我常常感到灵性不足，更无从奢谈智性、神性。

诗人天生就是特殊材料铸就的：具有持久的诗意酿就的激情，具有不妥协地追求美和生命力的韧劲。

旧体诗词，有一整套严格的规范，要求苛酷，法度森严，虽望而生畏，然熟能生巧，形式永远小于诗情。

格律诗（或承旧体诗、近体诗）、古风、乐府，以及自由诗、回文诗，都是诗歌言志缘情的不同形式，没有优劣之别。只要构思精工意境天成朗朗上口抑扬顿挫，就是精品。

没有自我要求自我提升，没有使命担当神圣坦荡，没有自作多情小资情调，没有细腻入微的感觉，就不会有诗人，更不会有真正的诗作出现。

应该潜心修习，反复切磋，懂得法度，掌握技巧，而不是一哄而上、藐视规范，附庸风雅、自说自话。

诗人都是寂寞孤独的，带有淡淡的忧伤，没有悲天悯人自寻烦恼，就没有创作灵感。

一百个诗人有一百种创作理论，但没有一种是可以复制的。写作，就是寻找到适合自己的范式。

写诗需要丰厚学养、睿智判断、高峻立意、丰赡词采，但很多人有了这些，照样成不了诗人，诗人需要写作的灵感与激情。

一个人的疼痛、曲折、忧愁、悲伤，可以加速一个人的成长，如果呈现在文字里，就是一种厚重。

灵感就像《金刚经》所云，一切有为法，如梦、如幻、如泡、如影，如露亦如电，灵光乍现难以捕捉；又如兔起鹘落，天外行云，感得抓不得，抓得道不得。

当我们阅读他人创作时，往往为一些构思或名句震撼，也会发现很多不足与缺憾。但当你拿笔实践时，可能写出来的东西，更加不堪，彻底摧毁了你的自信心。

诗歌写作，离科学还很遥远。构思、设计、描图、施工、验收等工科程序，不适用于诗歌。诗歌的诞生，有时是说不清道不明的，诗歌的确有点神秘色彩。

唐诗的魅力，就在于文字浅显，自然流畅，富于情韵，天然无痕。只有当你拿起笔来，准备写诗时，才能在那些看似平凡的作品中感受到伟大浩瀚难以企及。

写作是一种释放，但为君故沉吟至今，不管是有的放矢，还是无病呻吟，感觉到位，自我陶醉，就是成功。

充分享受写作的过程，用文字澄净自己的内心，抚慰孤独的灵魂，则是非常高远难以企及的境界。

有人说，写作完全是天赋，不是修炼而成。对此我不太相信，因为有天赋的人，往往成不了大气候，相反是老老实实厚积薄发的，莫名其妙地成了诗人。

诗人必然是孤独的，孤独成就他的思维方式，成就他的心智。他最寂寥的时候，一定是最成熟的时候。

诗歌，只是生活的一小部分，最重要的是自己的生活，职业诗人的生活不必向往。

始终保持童心，处于乐观主动的状态，就能发现一些有趣、喜悦的东西，自然就会觉得生活很美。

诗人不分年龄、不分背景，真正的不拘一格。一些应该成为诗人的成不了诗人，一些不可思议的人成了诗人。

在创作风格情调上，历来有“诗庄词媚”的说法，可以遵从，但也不必过于在意。诗词写作的好坏优劣，与题材选择无关。可以是国家大事忧国忧民，也可以是风花雪月闺怨情思，有感觉有情感有意味，就是好诗。

多一个人写诗

多一个人写诗
不会多出一个诗人
可能会多一点点精神上的膜拜
卧听夜来风雨声
陶醉于大海河流的平静
还有倒挂的日月情怀

多一个人写诗
不会多出一个诗人
可能会多出一点点惆怅徘徊
依然春来秋往
海上生明月
平平常常的日子增加了一份期待

多一个人写诗
不会多出一个诗人
可能会跨越星空三界
度过了风霜雨露
池塘生春草
老树枯藤又迎来了春暖花开

多一个人写诗
不会多出一个诗人
经历了太多的波澜起伏
就会沉浸于澄江静如练
平添几分少年老成的感慨
多出了一种生存形态

我的诗意人生

一

一九五五年农历八月廿七，我出生于靖江县西来公社振兴九队。这里位于长江入海处的上游北岸，这个滨江小村，原是长江冲积沙土“长出”的芦滩，然后围垦而成，居住的都是来自各地的贫穷的移民。

我幼年多病，身体孱弱，肚子上至今留有正方形疤痕，是1岁未满时开刀的印记。5岁适逢三年自然灾害，即将饿死之际被大姨夫带回；数月后随二姨娘生活，得到无限的宠爱与严格的教育。因涉及遗产继承矛盾，11岁被迫回到家里。

二

诗歌的启蒙，源于爷爷的口头民歌，现在记得的有：一把芝麻撒上天，我肚子里山歌万万千；大车小车从你门口过，吓死你娘儿两三个。

1967年小学毕业，正赶上“文化大革命”。无学可上，无事可做，只得回家劳动，开始写诗，当属顺口溜。

1972年年底高中毕业再次回到广阔天地，大有作为之余，开始写新闻、写通讯，一本《现代诗韵》翻破，写诗数百首。其中最自恋的是，将诗韵一个部的字全部用完，写出一首长达13页稿纸的诗，躺在长江堤岸的茅草上，向几个小伙伴大声朗诵，他们均认为我是诗人、是天才。

1975年8月上大学前，敝帚自珍，将自己写的新闻、通讯、诗歌，用塑料薄膜包裹，然后打成背包方格形，悬挂于正屋二梁之下。当时有钱人家是七架梁瓦屋，而我家是五架梁，是冒牌的瓦屋，是草屋中的瓦屋，正屋一间四面不是砖而是土坯砌就，其他就是芦笆墙壁；中间一间正屋有顶砖，两边都是芦苇做的芦笆望壁。记得第一年寒假，吃饭时还看到我的杰作。后来家里历经洪水、暴雨的袭击，芦笆山墙坍塌，土坯溶化倒塌。等到第二年暑假，吃饭时抬头仰望，我的包裹已经荡然无存。

三

大学期间尝向李廷先先生学诗，粗知格律。李先生深通诗词格律，是唯一脾气特大又令人崇拜的授课老师，由于喜欢学习且考得头筹，获得先生召见。记得那年夏天，问清先生家住址之后，饭后沿着藤蔓丛生的小路，找到先生家。敲门，寂无声响；再敲，仍无反应；大声敲大声喊，亦无应答。耷拉着脑袋，沿着小路失望而回。拐角处，传来一声召唤，抬头看到先生在浓荫下躺椅上，手捧《词选》，于是一口气滔滔不绝地对我指点一番。飘风急雨之后，加上方言较重，几乎不知所云，只有一点点印象，主要是点头不断让先生误解了。

1980 年到南京师范学院中文系进修，见名师必以旧体叩之，被迫写过 10 多首格律诗。舍友都是爱好者，往往是一人写作、集体修改，由是略知旧体规范。黄石惠民大兄，能够填词，且得到圭璋老批阅，弄得大家羡慕嫉妒恨。

教学、管理之外，亦性喜散文，对散文名家推崇备至，也好为人师指导弟子写散文。指导研究生，首先要看散文习作。撰写散文 100 余篇，偶亦获奖，出版中英文对照散文集《故土难离情》，妄得谬赏。从不敢写诗，间有游戏文字；迨年齿渐长，略有习作。弟子业强此项强我多多，故时时切磋，师生往复，欣欣然。

四

有人问过，诗歌与广告有什么区别？诗歌是很高级的文学形式，是顶天的东西，而广告是物质化、具体的东西。

诗歌，先是受到市场经济、商品大潮、拜物主义、社会谋生的巨大冲击，进而受到影视、小说、散文的挤压，曾经有人怀疑诗歌由于远离生存远离物质可能会销声匿迹。记得 1985 年前后，一份国家级大报刊文讽刺：如今的诗歌，只有两个读者，一个是作者，一个是发表这首诗的编辑；如果不能发表，那就仅有一个读者。当时，我作为中文本科班的班主任，正在为一批意气奔发的学生诗人修改、指导诗作。

没想到诗歌，经历了顶峰的跌落，漫长的坚守，华丽转身，回归正道，本真、内化、精神、情感，成了洗净铅华之后最常见的关键词。

由于执教古典诗词，研究楚辞，我对诗歌从来怀有敬意，怀有敬畏，怀有深情，怀有挥不去抹不掉而且愈来愈浓烈的感情，经常引用华兹华斯：诗起于在沉静中回味过来的情绪。柏拉图：诗人是一种轻飘的长着羽翼的神明的东西，不得到灵感，不失去平衡理智而陷入迷狂，就没有能力创造，就不能作诗或代神说话。

当然余光中的说法更有代表性：

散文是一切文体之根；诗是一切文体之花。意象和音调之美能赋予一切文体以气韵：它是音乐、绘画、舞蹈、雕塑等等艺术达到高潮时呼之欲出的那种感觉。

散文，是一切作家的身份证；诗，是一切艺术的入场券。

五

我们文学院的古代文学学科，除了教学、研究之外，还试图秉承老一代学者的一些传统，更多地注重精神层面的沟通与交流。在我的倡导之下，由志清兄辛劳组稿编辑，成学科散文集五种，志清兄分别命之曰《文心雕虫》《儒林心史》《学林广记》《人间闲话》《且说新语》，先后由齐鲁书社、黄山书社出版，小有影响。当年曾经设想，如果出到十种，可能会成为文学界关注的一个创作群体。

加之曹旭兄的加盟，散文集质量大增。我与曹旭兄亦师亦友，而且友的成分占得更多些，多年来一直崇拜曹旭兄的才华横溢，以及创作与研究并驾齐驱，当今古典文学界，著名专家还真不少，但像老一代学者创作、研究并行不悖互为支撑的，却很是有限。在曹旭兄身上，至今还保留了人文学者的突出传统：诗歌、散文、书法诸艺精通，均有创获，他的散文创作，还被写进了《中国散文史》（当代卷），可谓殊荣，令人艳羡。

六

自从通信手段发生变化之后，逢年过节的书信问候，逐步过渡为电话祝福，进而衍生为寻呼机贺词、手机短信。自2005年开始，与朋友、同事的酬唱，渐渐增多，校内有老邓、乃为兄、志清兄、祝平兄、树林兄以及友泽、育红贤棣等；校外唱和的有许结兄、章灿兄、何老、亚中兄、璞庚兄、成满兄等。由于特定的时段限制，写作往往是急就章，要么短信铺天盖地，要么家事缠身无暇顾及，当有一点是共同的：

我们写诗，是一种心态的反映，一种心境的折光，一种情绪的流动，一种思考的记录，一种惆怅的体验，一种朦胧的感悟，一种莫名的感喟，一种人生的总结。或许兼而有之，也许什么都不是，只是在特殊的状态下写了一首诗而已。

至少有几点是明确的，首先，创作时内心是快乐、轻松、舒缓、灵动的。英国诗人华兹华斯在《抒情歌谣集·序言》（1802）中提出，诗人“内在的活力使他比别人快乐得多；他乐意观察宇宙现象中与自身相似的热情和意志，并常常在没有发现它们的地方自行创造”。

其次，创作的目的肯定有情感抒发的因素，但往往是自娱与娱人，没有过多的深意。德国的约翰·乔治·苏尔采《艺术通论》（1792）指出：雄辩、诗歌、音乐和舞蹈则显示了起源于心中洋溢的热烈情感，起源于为了自娱和娱人而表现这些情感的欲望。

最后，有些诗歌是情感心境的传载工具，它的对立面不是散文，而是非情感性的事实断想，或称“科学”。

七

自2003年与南通籍诗人、书画大师范曾先生交往以来，深慕先生的诗学造诣。范先生诗章特重元遗山、杜工部、苏、辛、范伯子。其诗字无弱字，句无弱句，篇无弱篇。尝“惜其唱和者诗人寇梦碧、红学大师周汝昌先后谢世，只今唯有叶嘉莹先生为之所推重，偶有唱和，皆称佳什。先生尤擅联语、诗钟之戏。其课徒，以为绘画一事，仅须目视心悟，而于辞章则必磨砺以须，谆谆以教，非数十年不足成斫轮老手”。

在范先生的影响、熏陶、指导之下，也写作一些诗钟、联语，以及旧体诗，每每得到先生批阅，有时指为“隔”，有时评为“可”“尚可”，有时褒奖为“佳句”“甚佳”等，先生告诫：“一般而言，律诗一二两句起，三四两句承，五六两句转，结尾两句合，略类八股之法，然杜公于此最称擅场。”有时也得到先生直接指导，比如用典，不用则直，过僻则隔。收入本集的一些诗歌，曾得到先生修改、润色。

甲午新春于江左桃源乡居

（周建忠主编《紫琅新吟·后记》，黄山书社，2014年7月版）

路在脚下，诗在心中

——诗词创作培训班开班仪式致辞

我们的日常饮食分为两类，
一类是必需品，
各种蔬菜、粮食；
一类是奢侈品，
比如河虾，
还有山珍海味，
尽管我们都很向往，
常常津津乐道，
但往往可望而不可接，
只是偶尔涉及。

又如市场上
眼花缭乱的各种饮料，
矿泉水数量惊人；
康师傅一家开发的饮品，
活跃在各家卫视的广告时段。
而真正的饮品，
比如传统的茶、引进的咖啡，
几乎没有看到什么广告。
尤其是咖啡，
据市场调查，
每四个人中
就有一个人想开咖啡馆，
寻找那种公共空间的感觉；

上海是全中国咖啡市场最活跃的地方，
多达 7000 家咖啡馆，
但精品咖啡馆，
没有一家是盈利的，
人们附庸风雅、趋之若鹜的，
是低端的混合饮料，
咖啡只占极其有限的比例。

毫无疑义，
诗、诗歌、诗词，
就像河虾，
就像咖啡，
尽管人人都很向往。
读诗、背诗，
诗词大会、诗词朗诵大赛，
热闹非凡；
但写诗，
诗词写作，
与大众总是隔了一层，
心手不应，
遥远而陌生。

令人高兴的是，
如今写诗的越来越多；
令人忧虑的是，
诗歌的高贵，
诗歌的品质，
正在被消解、被丑化。

最典型的莫过于，写得既不像散文，又不像诗歌，
括弧：散文诗。
沈从文说过，
小说写作，
本是技艺；
我也可以说，
诗词写作，
也是一门技艺，
虽有规律可循，
虽有基本法则，
但重在过程，
重在练习实践。

我，
我的团队，
都经历过漫长的探索，
漫长的实践。
我们愿意，
将多年积累的经验，
不断摸索的体会，暗暗领悟的秘诀，毫无保留地
与大家分享；
帮助大家突破瓶颈，
克服困难，
缩短过程，
逐步掌握技艺。

人类的艺术，
包括诗歌，

与人类发展基本同步；
大约在 10 万年前，
我们的祖先发现了火，
围着篝火，
人们有了更多的描述交流的机会；
艺术，
包括诗歌则应运而生。
尽管有原始、质朴的风貌，
却揭示了诗歌的本质特征。
保持童心，
充满好奇，
就有了诗歌的灵感。

我们的写作，
不是春花秋月，
不是愤世嫉俗，
不是无病呻吟，
漫说忧愁。
我希望，
通过具体的观察，
具体的意象，
偶然的感悟，
有所生发，
有所感动，
从而找到写作的入口。

写诗，
绝对离不开读诗。

读诗，
一定是经典。
入选中小学语文教材的，
可以称得上千锤百炼，
经过了历史的选择。
我推荐的读本，
则是蘅塘退士的
《唐诗三百首》。
这是一个儿童入门读本，
也是一个终身读本、
国民读本，
更是一个指导诗词写作的范本。
诵读，体会，
写作，诵读，
相得益彰，
渐入佳境。

来吧，
吾将道夫先路！

后　记

记得从小学开始写诗，就一直有一个文艺青年的向往、一个诗人的梦想。

保持童心，始终怀有好奇心，感悟天地，领略自然，思考社会人生，总有写不完的题目。

有一批同好，就创建了曙汛诗社，有诗社公众号，有若干分社，分布于中小学、企事业单位。

2013 年开始，担任教育部基础教育课程教材专家委员会委员、国家教材委员会语文学科专家委员会委员，参与统编本小学、初中、高中语文教材的审核工作，我得以从创作的角度解读古诗词，指导中小学教师古诗词解读与教学。

我的目标是：作为一个教材审读者、古诗词的研究者、格律诗词的创作者，长期以来致力于中小学语文教师的培训、中小学生学习与写作的指导，努力在课标、教材、教学、学习四个环节，构建一座前后贯通渐入佳境的桥梁。代表性研究成果有《屈原抒情模式的本质特征与现代诗词创作的诗学传统》(《中州学刊》2018 年第 8 期)、《全国统编本中小学语文教材古诗词的解读与教学》(中华诗词研究院《中华诗词研究》第六辑，东方出版中心，2020 年 5 月版)。于是，在全国各级各类培训班作讲座 200 多场，包括教育部基础教育司组织的全国性培训。

因为这个原因，我的诗词传承具有两个特点：一是大量的诗词创作，带有示范、指导性，有些词牌就是来自中小学语文教材；二是将自己数十年创作的体会、感悟、窍门、秘诀，无条件传授、分享给任何一个愿意学习写作的人，老到复旦大学 80 多岁的工科退休教授，小到小学一年级的学生。

这也是一个人、一个诗社，2019 年以“中华传统诗词创作”获批江苏高校优秀传统文化传承基地的根本原因，这是全省高校唯一的殊荣。这是肯定鼓励，也是更高的要求。

我乐意继续用诗、用童心、用好奇心、用感悟，娱己娱人，诗意绵延。

诗集定名为《曙汛诗草》，源于自己的笔名：曙汛飞滴，以示不忘本也。第一稿、第二稿由曙汛诗社副社长、弟子陈亮负责编辑印行，与有力焉。

本稿由曙汛诗社副社长、弟子王业强统稿、弟子尚志会两次通读、弟子何继恒负责联络出版印刷事宜。远富弟子帮助联系落实出版社，功莫大焉。一并致谢。

庚子夏于如皋桃源乡居